明月出关山

刘之珩等　编著

钟书国际文化出版社
BOOKLOVER INTERNATIONAL CULTURE PRESS,
AN IMPRINT OF METRO FIFTH AVENUE PRESS,LLC

MING YUE CHU GUAN SHAN
明月出关山

Author	Liu Zhi Hang
作　者	刘之珩等
Editor	Liao Yan　Zhang Qian
责任编辑	廖彦　张倩
Edition Design	Tong Qing
版式设计	童青
Cover Design	Fan La Mei
封面设计	樊腊梅
Publisher	Booklover International Culture Press
出版社	钟书国际文化出版社
Address	551 Fifth Avenue, New York, NY10017.
通讯地址	美国纽约第五大道551号，邮编10017
Acquisition	Beijing Booklover media CO., LTD.
Address	Dachen Road, Feng Tai Dist. Beijing, China.
策划组稿	钟书国际出版网
	http://www.bookloverpress.com
地　址	北京市丰台区大成路6号大成时代中心2788室
邮　编	100141
电　话	010-88177119
电　邮	bookloverpress@sina.com
	2013年12月第1版　2013年12月第1次印刷
开　本	160mm×240mm　1/16　印张：23.12　字数：383千字
ISBN	9781626090439
Price	$18.00

谨以此书献给我们的父亲

——民国书生刘明樾

女儿：刘之珩 刘之珉 刘之珞 刘之琬 刘之琳 刘之瑷

外孙：马 磊

序　言

回顾父亲一生，贫困的幼年、努力奋斗的少年、壮志得酬的青年，中年时以教育救国自诩，孜孜以求。老年却饱受灾难，甚至陷入人生绝境。但劫后余生，晚年以老病之身仍坚持办学，以求继续实现其多年的心愿。

2002 年是父母的百年冥诞、父亲辞世 18 周年。女儿们以及孙辈聚集北京，办了一个追思会。其间，大家有一些怀念父母的文章在会上宣讲，曾想集结成册以誌纪念，后来未成其事。

时隔 8 年的 2010 年夏天，大姐的女儿唐音偶然在网上读到天津南开大学文学院教授李新宇先生的文章"寻找刘明樾"。该文原发表于《随笔》杂志 2005 年第 6 期。姐妹们很快读了此文，内心难以平静。它将我们带回到那动乱的年代和狰狞的岁月，深埋在心中的往事又历历如在眼前。

我们五姐妹(原为六姐妹，二姐之珉英年早逝)均已逐渐进入耳顺、古稀之年，各种人生况味品尝已遍，对父亲的人生际遇，尤其是晚年的灾难，各自有不同的深刻体会、理解和感念，总之，我们有话要说。遂达成共识，要编写一部对父亲一生的回忆录。但后来在写作过程中发现，其实每个人的回忆文字、内容和视角并不相同，唯其如此，更可以使此文集中的主人公——我们的父亲形象更加完整和立体化。于是决定将每个人的文章汇集成一部纪念文集。这时二姐之子——在美国的马磊也加入进来，共襄此举。

我们居住分隔遥远，需依靠 internet 和 post 来互相传递文字图像和建议等，使本书的出版费时颇长，整编等大量工作是五妹之琳和六妹之瑗完成的。

今始成书，完成了我们多年的夙愿。书中大姐之珩以翔实生动的文字道出了她眼中各阶段的父亲，自然，她与父母相处时间最长，她的文字也最长。三姐之珞把一些片段的记忆串联起来，使正直、善良、博学的父亲形象立体化起来。之琳在父亲晚年遭难时多次赴山东曲阜看望父亲，她的文字也感人至深、催人泪下。六妹之瑗以其独特的视角记录了她对父亲的理解和怀念。孙辈马磊幼年在外祖父母身边长大，他的回忆文章文学性强，辛辣、幽默，独具一格。

本书还包括了父亲的文集《学海浮沤》，其中有他的中英文自传、教育论文、外国短篇名著的翻译及古典诗词等作品。

之琬

2013 年 4 月

1928年父亲赴美前与母亲订婚照

刘明樾

1928 年父亲赴美前于北京

父亲在美国旧金山斯坦福大学校园

1928 年秋父亲赴美前

1923 年在北京

1933 年父母结婚照

父亲在北京师范大学读书时

1921年父亲刚到北京时

1937年父亲在河北省立女师院与毕业生合影

寻找刘明樋

李新宇

1

对于一般读者来说，这大概是一个非常陌生的名字。

事实上，我对刘明樋教授同样非常陌生。我在曲阜师范大学学习工作 20 年，对这位本系的前辈却几乎一无所知。由于时间的力量，年轻人当然很少有人知道他。那么，年长的先生们呢?当我到处询问关于刘明樋教授的情况时，才发现那些与他一起工作过的同事原来对他同样所知甚少。人们只知道他有些"反动言论"，知道他在文革中受过批判，知道他经不住批判跑掉了，以至于很长时间找不到下落……至于其它，则很少有人知道。最后，我只有让我的学生李钧到有关部门查他的档案，才知道了他的一些基本情况:

刘明樋，又名刘荣光，生于 1902 年，原籍吉林永吉，家庭住址北京，出身"自由职业者"，成分"教员"，1949 年参加工作，从 20 世纪 50 年代中期开始，任曲阜师范学院中文系教授，社会兼职有山东省政协委员、山东省民盟常委等。1966 年开始被批斗，1970 年被定为"反革命"，但最后没有戴反革命分子帽子，文件上写的是:"实属反革命性质，不戴反革命分子帽子"。刘明樋于 1972 年退休，退休后一直住在北京。1979 年平反冤假错案时，曲阜师范学院向省里送交了《关于恢复刘明樋教授政治待遇的申请报告》，报告很快得到了批复，但仍然留了一个尾巴："反革命性质"改为"犯有严重的政治错误"。……

注意刘明槭的诗，更是纯属偶然。从曲阜师大到吉林大学，因为搬家，也因为我的书房从 30 平米变成了 14 平米，我不得不用相当长的时间把一捆捆、一箱箱的书刊进行重新整理，以便分门别类地装箱或上架。就在重新收拾这些东西的时候，一份打印材料引起了我的注意：《刘明槭辩论材料》。印发时间是"一九六六年九月二十五日"，——正是这个时间引起了我注意。

材料的第一页说明了印发的背景：1966 年 9 月 2 日，曲阜师范学院毛泽东主义红卫兵在北京接受毛泽东接见之后，顺路抄了刘明槭教授在北京的家。看来，刘明槭已有准备，大量材料在红卫兵到来之前匆匆销毁，纸灰狼藉没有来得及打扫，遂被红卫兵拍照作为刘明槭销毁罪证的证明。但是，不知是出于什么考虑，刘明槭没有销毁他的诗稿。也许是想销毁而没有来得及，也许是有点难以割舍，因为从他的诗中可以看到："烟能耗吾财，酒能伤我身，惟有一卷诗，时时皆可亲。"对诗情深如此，不到万不得已，大概真不忍心销毁自己的诗稿。无论出于什么原因，这些诗稿留下来了，而且被查抄了出来，成为刘明槭"反革命"的罪证。

真应该感谢当年的红卫兵——他们从刘明槭的诗稿中选了一部分打印成册，供"革命师生"批判，才使这样的作品得以保留下来，让我们能够在 30 多年后通过阅读而了解当年中国知识分子的一些内心秘密，看到一个知识分子的清醒、由清醒而产生的痛苦以及痛苦中的思考和呻吟。

2

我们早就习惯于主流文学史的历史叙述：鲜艳的五星红旗在天安门城楼上升起，中国知识分子与全国人民一样，迎来了一个光辉灿烂的新时代。他们欢欣鼓舞，放声歌唱，并且自觉接受教育和改造……在这种叙述中，历史没有不同的声音，知识分子没有不同的感受。然而，刘明樾教授的诗告诉我们：曾经有过另一种声音，虽然没有发表的空间，却记下了一些知识分子不同于主流的精神感受。面对学习和改造，面对社会的变化和知识分子的生存状态，他们的心情并不愉快，也没有放声歌唱的豪情。

1950 年 10 月，刘明樾写下了《赴试》一诗：

> 行年五十尚称童，万卷罗胸愧此生。
> 来赴秋闱为建设，凤将敝屏视功名。
> 秋风凄厉吹人冷，佳菊灿烂照眼明。
> 如果孙山真落第，烟波看我一舟横。

我无法知道刘先生当年参加的是怎样一场考试，但不难看出，这场考试显然与使用有关。诗的注释中说："童：童生也，昔时，应童子试者称童生，尚未入学也，我今年五十尤应童子试，有感方之。"这里记录的是一个知识分子的感受：没有解放感，没有阳光下的幸福感，更没有通过接受新思想而获得新生的喜悦。

如果说 1950 年的刘明樾对未来生存方式还抱有"烟波照我一舟横"的传统隐士幻想的话，到了 1958 年，这种幻想已经破灭。因为新时代一个突出的特点就是把每一个人都编入体制，使知识分子不再有"归隐"的可能。所以，在他的诗中，知识分子的清高、孤傲和由此而来的潇洒开始为痛苦的呻吟所取代。当主人公的自豪感全面覆盖文坛的时候，刘明樾反复哀叹自己"生不逢辰"，抒写着"只为五斗米，来作折腰人"的无奈。当高音喇叭反复高唱"东方红，太阳升"的时候，在刘明樾的笔下，却是："长夜何漫漫，思之一怆神"（《烈日下，冒暑赴校，途中有作》）。

1958 年，在红旗招展凯歌震天的"大跃进"高潮中，在"新民歌"齐声高唱"三面红旗"和它带来的"美好生活"的时候，刘明樾写下了这样的句子：

> 跃进有动力，其名惟曰逼。
>
> 既摄政治权，复掌经济基。
>
> 人身无保障，谁能免苦役？
>
> 大鬼发号令，小鬼施鞭笞。
>
> 苟有一言危，惩罚顷刻至。
>
> 重者入鼎镬，轻者断农食。
>
> 亦有坐监牢，亦有流荒鄙。
>
> 杀一以儆百，无人敢再试。
>
> ……
>
> 是谁为此巫？有力在控制。
>
> 不按指示行，转眼株连及。
>
> 天高不可攀，地厚无处匿。
>
> 凄惨铁幕后，千载难见日。
>
> 既成釜中鱼，亦如锅上蚁。
>
> 哀哀此蒸民，牛马竟荡世！

这些句子显示着诗思的锐利，是我们在既有的同类文字中很少见到的。不少人都曾为当代中国知识分子的人格而叹息，因为在相当长的一段时间里(尤其是在大跃进运动中)，他们那些不光彩的行为的确令人无法为之辩护，面对苦难而高唱赞歌，吹牛撒谎而毫不脸红，全然失掉了起码的良知。考察1958年中国文坛的声音，以诗歌的形式为"人民鼓与呼"的竟然是戎马一生的彭大元帅，而我们的诗人却闭着眼睛高唱"小高炉"和"大食堂"的赞歌。凡有良知的知识分子都应该承认，这是一种无法洗雪的耻辱。然而，刘明樾的诗却使我们看到，中国知识分子并非都是如此。即使在1958年大跃进的社会背景之下，他们也并非万众一心地追潮逐浪、随风狂奔。他们之中仍然存在清醒者，面对时代的错误和人民的真实命运而进行过思考，有过叹息也有过呼号。虽然言论自由

18

已经失去，他们的声音得不到传播，但在他们的笔记本上，在日记中，在书信中，却写下了他们的真诚，证实着知识分子的生命存在。这些文字告诉我们，即使在那样的年代里，真正的知识分子也没有丧失自己的本性。他们的声音被扼杀了，但是，他们是被扼杀者，而不是自我迷失者。他们的精神失踪是"他杀"而不是"自杀"。

面对那个时代的知识分子，我认为有必要区分"迷失者"、"无奈者"和"守望者"三个不同的群体。因为我们无论如何都无法把郭沫若、冯友兰和顾准烩到同一口锅里。所谓"当代中国知识分子"并不是一个同质的整体，但由于自由言论空间的欠缺，一些声音得不到传播，历史留下的是严重的残缺。在此基础上形成的历史叙述当然是不可靠的。但是，在当前关于知识分子的反思中，一些人却往往以这种历史叙述作为基础，进行着简单的重新评价。似乎中国知识分子真的曾经一致地做出了某种选择，今天所要做的只不过是对他们的这种选择进行重新认识和评价。比如，过去说中国知识分子的那种共同选择是追求进步，无上光荣；现在说是精神迷失，时代局限。在这种目光之下，迷失是整体的迷失，狂热是整体的狂热，局限也是整体的局限，大家彼此彼此，失误人人有份。而对刘明樾的诗，我再次感觉到这种言说的不公正。因为当代中国并非没有清醒的声音，被封上嘴巴的人们没有义务承担"迷失"的责任。同时，我认为学界应该警惕，不要在旧的遮蔽之上再盖一层新的遮蔽，不要在旧泥沙之上浇灌一层新的混凝土。当一些基本的历史事实没有清楚的时候，学者应该警惕这样的"重写"。因为这种做法不仅在再评价的同时完成了某种历史确认，把残缺的历史误认为完整的历史，在无意中为虚假的历史进行了认证。而且把一部分人的选择解释为"集体"的选择和"时代"的选择，使一部分文坛痞棍和末流文人成为"知识分子"的合法代表，使真正的知识分子为他们的无耻或无知承担全部责任。

必须注意：虽然当代中国知识分子的确大面积地丧失了知识分子的本性，成为"文化人"或"脑力劳动者"，但毕竟不是全部。在"大多数"

成为主流意识形态的传声筒而不再是知识分子的时候，真正的知识分子并未消失。他们虽然发不出声音，却没有丧失自己的立场，也没有停止自己的思考。当真正的知识分子被迫处于无声状态的时候，那些借助高音喇叭传播的声音不能代表全体知识分子的声音；当真正的知识分子被迫退场的时候，那些丢掉知识分子本性而活跃于文坛的人不能代表全体知识分子。在没有言论自由的空间里，主流的声音可以通过权力而扼杀另一种声音，但是，它无权代替另一种声音签署历史记录的最后文本。

在没有言论自由的空间里，可信的历史叙述只能是由主流的声音和那些被封锁了的声音共同构成的。因此，历史没有理由忽视这种声音。

3

在当代知识分子中，精神坚守者的情况很不相同。他们有的因为偶然的机会而发出了声音，比如1957年大鸣大放中的一些右派，他们的言论大多已经载入史册，因而不会永久埋没；有的则因为特殊的地位和影响而比较容易被发现，比如陈寅恪，只要是他写下的文字，终有一天会重见天日。然而，还有另一种情况，他们是默默生活着的知识分子，没有自己的集团，没有既有的特殊地位和声望，也没有引人注目的举动。他们保持着独立的人格和自由的思想，决不追随时代的浪花泡沫而人云亦云，但是，他们的声音在当时得不到传播，他们的思考只能写在黑暗之中，遗留在某个角落。然而，历史没有理由忽视他们的声音，后来者需要倾听他们的言说。那么，从黑暗的深处打捞出他们的声音，应该是学者的神圣职责。

这项工作显然是迫切的，事实上，应该是"抢救"。因为随着时间的推移，一代当事人正在陆续离开我们。他们的声音很容易在日记和书信中默默地存在若干年之后，又默默地永远消失。中国人经历了一段充满荒谬、血腥和罪恶的历史，承受了太多太多的苦难。这一切都需要永远地记住，需要不断地反思。责任者也不应该逃避历史的追问。但是，时间是一种可怕的力量，在遮蔽与遗忘之中，它可以消灭证据，掩盖真相。当作为历史见证的一代人消失之后，历史的真相何处寻找？只能依靠文字材料，但是，这种文字材料写下来的本来就很少，一些人直到现在也不愿意把几十年前自己不同于主流的思想形诸文字。即使当时写下来的，也往往难以保存下来。

在当年的环境中，很多人都有把笔记本用塑料纸包起来埋藏的经历，但能够保存到最后的实在不多。也有人在危急的时刻(比如进学习班，比如被捕)把一些文字委托给亲人或朋友收藏，却往往是被亲人和朋友悄悄销毁的居多。

从这个意义上说，应该感谢当年"供批判用"的那些印刷品，也应该感谢那些公安机关"反革命言论"和"恶攻罪"的卷宗。如果没有这些抄家抄出而印刷了供批判用的文字材料和公安机关保存的案卷，后人也许将永远无法知道当代中国曾经存在的另一种声音。正因为这样，我曾更多地寄希望于公安机关的案卷。然而，最近才知道，关于这类材料，公安机关保存的已经不多。因为各种因思想和言论而判刑的"现行反革命"大都在20世纪70年代末已经平反，平反时往往当面销毁材料。而在当时，获得平反者大都深怕销毁不尽。一些重要的思想成果就这样永远消失了。

另一方面是，许多千方百计保留下来的东西最后往往也被悄悄销毁了。甚至直到文革结束之后，这样的文字也仍然继续被悄悄销毁。在20世纪80年代，我曾接触过这样的事：一位先生去世之后，他的夫人和儿女清理他的遗物，首先烧掉了他的日记。我不知道那些本子里面究竟写了些什么，但我知道，那是一个知识分子在艰难环境中心惊胆战地写下来，并费尽苦心保存了几十年的东西。它最终在夫人和子女的手里被付之一炬，原因是他们从中看到了其中的"反动思想"，深怕有损先生的"进步"形象，更怕影响自己的"政治前途"。这种事在我们的生活中大概并不少见。一些家属在写纪念文章的时候，总在努力地证明自己的先人如何与领袖的思想一致，如何自觉改造思想，甚至不惜为此而编造谎言，也是我们所常见的。一旦独立的思想意味着危险，谁能保证它不被亲人销毁呢？

正因为这样，那些能够保留到今天的，就更加值得珍惜。

正是由于这样一种想法，我萌生了一个强烈的念头：寻找刘明樾，寻找刘明樾的遗著。我打听到了刘先生当年在北京的住址：西单绒线胡同100号。但是，这里早已不是民居，没有人知道这里曾经住过一位姓刘的教授，甚至当地派出所也不知道曾经有过这样一位居民。

我知道刘先生已经去世，但刘先生有六个女儿，该不会全都离开大陆漂流异国吧？不会全都远离人文社会科学吧？文章写到这里，我仍然存有一个梦想，希望刘先生的女儿们能够看到这篇文字，希望她们中的某一位，能够保留着父亲的某个笔记本……

原载《随笔》2005 年第 6 期

2010 年之琬写给李新宇教授的信

李新宇教授：

您好！

最近在"新浪网"您的博客中读到您的文章"寻找刘明樾"，一石激起千层浪，心中是"五味杂陈"，近半个世纪了，往事已不堪回首，现又鲜活似在眼前，1966 年 9 月 2 日……

现自我介绍：我是刘明樾的第 4 个女儿，现居海外 20 多年，住在德国柏林，我的姐姐现居北美，刘教授的第三代大部分已移居海外多年，如今姐妹们都已 70 多岁，最小的两个妹妹也已 60 多岁了。居于北京。

我以往几乎每两个月都请妹妹代我在"北京邮局"（只此处卖）买"随笔"杂志，我喜欢这个杂志上文章的独到见地，敢于直面人生。从无套话、空话的马屁文章。不巧的是我并没有读到 2005 年的第 6 期，并且从 2007 年后北京的邮局也不卖此杂志了，所以我一直也不知道"随笔"是否还出刊？

读到您的文章，感谢您对我父亲的关注、回顾和深层次的剖析和理解，父亲已于 1984 年 9 月病逝于北京。您文章中所述事实，基本上都很准确，只他当年所写的"反动诗词"是在他曲阜师范的宿舍中抄出，主要的是那首"跃进有动力，其名惟曰逼……"据说是当时中文系的某位教师发现，以此邀功请赏，并以此功升任中文系的党委书记，又据说当时还是和父亲走得较近的人。

父亲早年留学美国，约在 1928～1932 年在美国斯坦福大学攻读"教育心理"，父亲从小家境贫寒，留美是考上公费出国而去的。1932 年东北成了满洲国的天下，父亲学费就将由"满洲国"支付（他从东北考入留学生），这无异于承认"满洲国"，父亲出于大义，拒绝满洲国的支持，中途罢学而归。因此只是"硕士"学位（注：父亲于1931年获得美国斯坦福大学教育心理学硕士学位，但毕业证书在文革中被抄家时丢失），本应读完"博士"。回国后先后在北京女子师范学院，北师大，北京财经学院任教。1949年在北京财院，因给当时院领导提一个小意见：当时名称是"北京中央财经学院"的悬挂牌子上字体是楷体，将"中央"二字写为"中央"父亲提出少了一划，为此触怒了当时刚进城不久的中共大员，并正值反右。父亲如此的"不合时宜"。不久，他被调往正定。1958年曲阜新建师院，让父亲"归队"。此前父亲从未去过山东，当时我们都在上学，家庭负担很重，父亲所谓的"五斗米"大概即当时的心态。

1966年9月2日，师院的红卫兵即日将父亲从北京带走，在曲阜的遭遇，我们在北京虽未亲见但可想而知，北京批斗的惨烈的一幕幕，也使我们在北京寝食难安。我之所以出国的主要原因，就是想要远离发生"文革"这样人间悲剧的国家，即使时至今日，每当想起文革中的事件之时，仍是难以平静。

记得1970年左右，父亲当时因病暂回北京，一日报纸送到，第一版整版是毛泽东主席的照片，当时为把报纸放于何处，全家人像热锅上的蚂蚁一样，不知如何是好。因当时北京的"红卫兵"常来我家，如稍有不慎把"主席像"和身边小物件、不雅之物放在一起，就可能被定以"污蔑伟大领袖"之罪，此前有过这样的先例，当事人被打成反革命（现行），被逼自杀。无奈之下记得我们最后是把它泡成纸浆，由下水道冲走。

父亲生前曾有不多的翻译的文学作品（英译汉）和一些论文，这些东西还在我妹妹家中的某个角落，我曾见过一个集子，本想将其出版，至今未成其事。

以上顺笔写来，杂乱无章，并望读到您新的大作并再次致以谢意。

即颂

台安

之琬

2010.6.3

目　录

第一章　回忆

回顾父亲一生，贫困的幼年、努力奋斗的少年、壮志得酬的青年，中年时以教育救国自诩，孜孜以求。老年却饱受灾难，甚至陷入人生绝境。但劫后余生，晚年以老病之身仍坚持办学，以求继续实现其多年的心愿。

我的自传

我祖籍河北省，到我祖父那一辈，大概为生计所迫，闯关东移居东北。我于 1902 年 10 月 5 日出生在山城吉林。我父亲是一位中医，医馆设在城郊窄巷，门外那面风吹雨打褪了色的行医招牌时时浮现在我的童年记忆之中。我们兄弟姐妹共有 8 人，5 男 3 女。家中生活负担很重，经济上十分拮据，为了支撑这个家，父亲日复一日地奋斗着。尽管如此，孩子们仍然经常缺衣少食。

我 16 岁小学一毕业，父亲便命我去当时很有名气的商务印书馆做学徒。就在我准备开始学徒生涯的时候，在衙门里做文书的大哥提出了异议。他认为读书求学的前程要比做学徒远大得多，因此劝说父亲收回成命，让我继续升学。父亲同意了。于是我升入了私立毓文中学。在校苦学 4 年，门门功课名列前茅，是公认的优等生。临近毕业我渴望能进入高一等学府继续深造，然而费用短缺似乎是一道不可逾越的障碍。事在人为，经过不懈的努力我最终争取到一位当地士绅的资助，成功地考入了北平师范大学英语系。

我于 1926 年从北平师范大学毕业，回到家乡吉林，在中学教授英语大约两年。1928 年夏我以优异的成绩从众多竞争者中脱颖而出，取得了公费赴美留学的资格。同年秋天我从日本横滨开始了留学美国的航程。我的政府奖学金预期五年，不料三年未了，"九一八事变"爆发。次年日本扶植了满洲国傀儡政府。该政府教育部通知我：如想继续得到满洲国政府的资助，我必须承认自己是满洲国臣民并保证学业期满返回效力满洲国政府。这一要求被我断然拒绝了，我的奖学金也就自动终止了。失去了经济来源我只好于 1932 年回到中国，在北平的几家大学里任教。

卢沟桥事变以后日本对中国的侵略愈演愈烈。战事频仍、交通中断，我身陷北平，靠在一家私校教书的微薄薪金勉强度日。日本人不断用高官厚禄诱惑人们为他们效力，我则充耳不闻心远地偏。熟人中上钩者不乏其人，过得花天酒地纸醉金迷。偶尔相聚他们总不忘笑我不识时务不合潮流。我也不争辩，只说我是劳筋骨饿体肤修身养性，管它声色犬马灯红酒绿。战争终于结束了。随着日本的无条件投降，流离失所的人们结伴还乡。朋友们有的说我超凡脱俗，有的说我赤胆忠心。听到这些赞誉我深感惭愧，想这些年来我蜗居一隅，于民族独立大业无尺寸之功，怎能担得起如此盛名。

战后我又在重建的北平师范大学任教一年。1946 年秋，民国教育部计划在吉林市开办长白师范学院，为东北数省培养中学师资。我被聘为该校教育系教授并兼职管理校务。到了吉林我才发现，由于国共内战日益升级，学校的教务基本陷于停顿。1947 年 5 月军事情报传来：共军已切断长(春)沈(阳)铁路并围困战略重镇四平。吉林的国府机构惊慌失措，纷纷计划向沈阳撤退。长白师范学院在校长的指挥下也积极准备迁校，我强烈反对迁校，因为长白师范学院是当时吉林省唯一一所高校，建校一年根基不牢，如此仓促外迁极有可能就此垮掉，导致本校学生无学可上。主迁派对我的理由也无从反驳。七月战事暂停，校长怕我继续反对迁校计划，就派我去沈阳主持入学考试新生录取等项工作。

我到沈阳不足 10 天战事又起，长（春）沈（阳）、长（春）吉（林）铁路都被切断。沈阳、长春、吉林虽仍在国府手中，但失去相互联系，成了战争火海中的孤岛。我在沈阳进退维谷，一时无法回吉林与家人团聚，半年间身心焦虑、物质匮乏。为解燃眉之急我在国立东北大学谋了个教职。1949 年 1 月我被调到北平，校方包租了飞机送我和部分家人前往。

2 月底共产党军队经过与国民党守军将领多次谈判，和平接管了这座古都。所有旧政府的教职员工都转而为新政府服务。我奉命和一批原东北各高校教师一起赴长春接受为期六个月的政治思想培训，培训完毕回北京休整。当时的高教委，即高教部前身，计划扩建山西大学以配合太原工业基地的建设。我被调去任教两年。1949 年 12 月中国民盟太原支部为了扩大组织、争取知识分子，表示有意吸收我为民盟成员，我同意并履行了正式的入盟手续，希望能在民盟的指导帮助下取得政治思想上的进步。

1951 年夏我被召到北京财经学院教授统计学。1953 年财经学院停办我被调到财政部下属的职工培训学校。1956 年春在大办地质的口号指引下，财政部的一大批教师调入地质部帮助培训技术干部。我也在其中，被安排在石家庄附近正定的一所学校。两年后该校停办。经国务院人事局推荐我到曲阜师范学院任教授。

我在曲阜教古典文学。虽然我自认可以算得上精通古汉语，但在如何给学生讲解方面还是要克服不少困难的。最难的就是如何用马克思列宁主义的观点来重新评价诸多古典名著。能否接受思想改造树立社会主义世界观成了一个教师教学工作好坏与否的先决条件。一些教师的旧思想旧习俗根深蒂固积重难返，要在短时间内全部更新几乎是不可能的。这是一个长期的痛苦的过程，需要耐心与恒心。我的情况也不例外。一次师生大会上就"如何理解教育与生产劳动相结合这一教学目的"我受到了公开的批判。我对自己的思想如此落后感到震惊，决心努力迎头赶上，但在内心深处我对这一教学目的仍然十分不理解。值得庆幸的是中共山东省委 1961 年底在济南召开研讨会，会议的中心议题就是从思想上明辨是非。许多曾受到批判的老知识分子都出席了。

会议上一些有代表性的思想问题被提出来进行深入的分析。会上要求肯定成绩以便发扬光大，同时纠正错误并安抚心灵创伤。这次研讨会使我在思想改造上受益匪浅。

我在曲阜师范学院任教已有七年。由于健康原因我已申请退休。在党和政府的关怀下我相信自己会有一个光明的未来和幸福的晚年。

刘明樾

1964 年 8 月 24 日

马磊（译）

我们的祖母张氏

父亲在斯坦福留学时用的信箱（右下角）

与留学生同学合影

1949年7月参加革命大学学习结业合影

在斯坦福与留学生合影

1954 年父母与之琬、之琳、之瑗在北京

父亲在斯坦福

自传原文

Introduce Myself

Aug.24,1964.

For generations my forefathers lived in the province of Hebei in north China.My grandfather,for the sake of earning a livelihood,I,had emigrated to the frontier region on the other side of the Great Wall.I was born in the mountainous city of Kirin,Manchuria.On October 5,nineteen nought two,my father was a native physician.In my early recollections still hanged the fading image of a small medical practitioner's signboard suspended in the narrow lane of the city's suburb. The family was over-burdened with children, having five brothers and three sisters,eight children in total.This inevitably led to the acuteness of pecuniary stringency and my father was in constant uphill fight to defray the household expenses.We were not well-fed and constantly in shabby clothes.At sixteen when I had graduated from primary school,my father ordered me to serve as an apprentice in the Commercial Press,a noted bookseller at the time.I was preparing to commence a life of novice when my eldest brother who was an official documentary copyist in a certain Yamen came to intervene.He seemed to confide in the pursuit of book learning and be credulous that a more promising future might be ensued in the end.In such a frame of mind,he asked my father to drop off his original plan and send me continually to the school.My father consented,as a consequence.I entered the private Yuwen Middle School.During the four years of school residence,I studied hard,ranking high in every examination and gathering a certain amount of reputation for myself.As the time of Commencement exercise drew near I contemplated to climb up one step higher in the educational ladder to gratify my craving for more learing.There was however an insurmountable barrier for short of pecuniary means.After several desperate attempts to overcome this impediment I had subsequently succeeded in securing a financial aid from a local gentleman,and in reliance of this aid I entered the English Department of Peking Teacher's College on the consummation of its entrances examination requirements.

I graduated from Peking Teacher's College in 1926 and returned to my native city Kirin,teaching English in middle school for about two years.In the Summer of 1928 I succeeded through keen competitive examination in acquiring the government Scholarship to study in America,and in the autumn of that year 1 sailed to the United States from the Port of Yokohama,Japan.The scholarship was for five years,but at the end of three years, the Mukden Incident suddenly broke out;in the following year the Japanese instituted the puppet state of Manchukuo.The educational administration of that bogus regime sent me a notification to the effect that I must declare myself to be a subject of Manchukuo and return to serve the said "state" at the completion of the study in America,if I wish to enjoy continually the financial support from Manchukuo.This demand naturally evoked the immediate rejection from my part which literally meant the automatic repudiation of my scholarship.Upon the cessation of financial support I was compelled to return to China in 1932,taking up several teaching jobs in Peking colleges.

After the outbreak of the Marco Polo Bridge incident signifying the intensification of Japanese aggression in China,I remained at Peiping on account of the travelling difficulties involved.For eight years I taught in a private college,receiving a pay which could hardly keep my soul & body to-gather,The Japanese had made vigorous efforts repeatedly to induce men work for them by profuse emoluments and lucrative positions.I remained hibernated and turned a deaf ear to all their admonitions.Some of my acquaintances had been hooked up by devouring their baits.They lived luxuriously,even with vain & grandeur and pomposity.Whenever we had chance to meet to-gather,they never failed to make me understand ironically that I was not clever enough to adapt myself to circumstances.I had to bear it patiently but observed: "I am here,practising a life of asceticism.The hardship encountered makes me feel as if I have been cultivating a life of immortality in the midst of lewdness and sensuality".The war came to an end,the Japanese had surrendered unconditionally,our countrymen returned to the restored areas by groups.Some friends applauded me as a man with the character of "sanctity";others conferred me with the good name of "allegiance element".I felt deeply ashamed in consideration of the fact that for eight years I had crouched at a corner,revering not a bit of service to the state in the gigantic struggle for national independence;it can not but evoke my sincere self-reproof at the height commendation conferred to me.

After the war I engaged in teaching work in the restored Peking Teacher's college for one year.In the Autumn of 1946 the Nationalist ministry of Education had planned to establish a teachers college in Kirin city to train high school teachers for the Northeastern provinces.I was asked to accept a professorship in the educational department,at the same time in charge of the business management of that institution.On the arrival at Kirin city I found educational work there virtually came to a standstill because the civil was between the nationalists and communists was carrying on in good earnest,tending to become more intensified with the lapse of time.In May 1947,upon receiving a report from military sources that the communist troops had cut off the communication line of Chang-Chun-Mukden Railway as well as besieged the strategic center of Peiping.Various Natinalist organs in Kirin rushed a plan to move to Mukden in their consternation.The Kirin Teachers college under the leadership of president was also preparing vigorously to effect a flitting.I objected this move energetically,alleging that the college was the only higher educational institution in the while province of Kirin,it would be bound to fall collapsed on abruptlv shifting to other places since its foundation was still not well-established.This would be tantamount to stripe the young men and young women of their educational privileges.The flitting plotters sight no solid ground to oppose me.In July,at the temporary suspense of fighting,the president of the college,afraid of my being a hindrance to the flitting plan,despatched me to Mukden to take charge of the entrance examination there and supervise the work of the an enrollment of new students.Not more than ten days after my arrival at Mukden,the battle between the two parties resumed,the two railways of Changchun-Mukden and Changchun-Kirin were once again intercepted.The connections of the three big cities of Northeast-Mukden,Changchun & Kirin which were still retained in the hands of the Nationalists,had been severed,they became,as it were,isolated islands in the vast sea of cannonade and gunfire.I was marooned where I had been,with no possibility in the near future to return to Kirin to join my family there.

I had led a painful life in Mukden for half a year with acute mental uneasiness as well as stringent material supplies.With a view to relieve my pecuniary difficulties for the time being,I accepted a teaching post in the Natinalist Northeastern,Univ.In January 1949 I was transferred to Peiping (i.e.Peking) in company with my family in an aeroplane leased by the University.Toward the end of February,the communist forces deliberated the ancient metropolis peacefully after a long and tedious negotiation with the deputies of Nationalist garrison on the spot.Educational workers of the old regime were transferred on bloc to the service of the new government.I was ordered to proceed to Changchun with a group of teachers originally attached to the northeastern colleges and recieved a short course of political and ideological training there for about six months.Upon the adjournment of the training course,I returned to Peiping on leave.The then Association for Higher Edge,the for-runner of the present Ministry of Either Education,had been engaged for some time in planing to enlarge the University of Shansi in coordination with the development of the industrial basis at Taiyuan.I was asked to take a teaching post in the University where I resided about two years.In December 1949,the Taiyuan Branch of the Democratic League of China,in contemplation of solidifying intellectuals as well as swelling its membership,approached me and signified its intention to absorb me into the organisation.I accepted the overture;after formally filling out the application blank I joined the League with a cherished hope of striving for political a ideological advancement under its guidance and assistance.

In the summer of 1951 I was summered to Peking to give instructions in statistics in the Seminary of Finance & Economics.At the formal close of the Seminary in 1953 I was transferred to a school for training financial staff under the direction of the Ministry of Finance.In the Spring of 1956,under the slogan of boosting the Ministry of Geology in the training of technical cadres,a large batch of educational workers belonging to the finance ministry was transferred to the former institution.I was among the number ing assigned to a position in a school at Chengting in the vicinity of Shichia-chuang.Again the school was clored after two years work,where-upon I was appointed to a professorship in the Chufu Teachers' College,through the recommendation of the Personnel Bureau of the State Council.

I taught Chinese classical literature in Chufu Teachers college.Though to a certain extent I had deemed myself well-versed in the usages of the classical language,yet I had to go through a good deal of hardships in the attempts to interpret them to the students.The nut especially hard to crack had been the question of how to re-evaluate the timehonored literary works in the light of modern Maillist-Leninist viewpoints.The teacher's ideological remoulding in the socialist - ideas had been considered as the pre-requisite in the efficient execution of his work,And this was where the shoe pinched.Some teachers had been so overloaded with old fashioned thoughts and trammelled by long-hardened habits that it was almost beyond any possibility to recast them in a new pattern ideologically within the short space of time.It was a patient work,requiring time to obtain results.My case was by no means an exception.Once I had been publicly criticized before a mass meeting of teachers and students on the question of how to understand the educational objective of "education integrated with productive labor".I was shocked to the largeness of my ideological attainments and stimulated to make fresh effects to push on-ward,yet in the realm of cognitive faculty.I was still left in the dark as to the true interpretation of the educational objective.Fortunately in the bottom of the year 1961;a conference was called in China by the Shantung Committee of Communist Party,to which most of the once criticized old intellectuals were sent and at which a good many old ideological problems were once again put forth and thoroughly thrashed out.The conference was name "conference of discrimination",in which any wrong committed was to be corrected,any grievous feeling soothed,and any achievement acknowledged,preserved,and enlarged.I was immeasurably profited as far as my ideological advancement was concerned when I came out of the Conference.

I had been engaged in teaching work at Chufu Teachers'College these seven years up-to-now.Owing to the condition of health I had applied for retirement,Under the kind regards of the Party and Government.I had envisaged a bright future and a happy old life.

The above is a brief out-line of my life.It is bound to be incomplete in a short account like this.In case any clarification or elucidation is desired,I will furnish any detail at my command.

Ming Y.Liu.

回忆父亲

出身及婚姻

我们的祖父是一名中医，家住在吉林市。祖父有 5 个儿子 3 个女儿（其中一男一女早夭），父亲是第 3 个儿子，1902 年出生。父亲幼年读过私塾，后来考入当时吉林很有名的毓文中学，接受了一些民国以后的新思想。

由于祖父祖母和父亲的两个哥哥都抽鸦片，本来中等经济的家庭很快败落了。父亲因此痛恨鸦片给中国人带来的贫困和灾难。在父亲读中学时家境已经很差，家里没有能力供他继续读书。这时不幸发生了，祖父为了钱给父亲娶了一个智力低下但家境非常富有的媳妇李翠凤。那时都是父母包办子女的婚姻，父亲无力反抗。作为交换条件李家供父亲读完了毓文中学。李翠凤不识字，也数不了十以上的数，不认识钱，不能自己买东西。父亲实在无法和她共同生活，只有逃避。1922 年父亲从毓文中学毕业后，因为喜欢读书、想继续深造，就考入了北平师范大学英语系，从吉林来到北京读书了。1926 年父亲从师大毕业后不久，了解到教育部要在吉林市招收一名赴美留学生。父亲感到机会来了，就毅然报考并以非常优异的成绩被录取。

父亲在北平师范大学读书期间，大约在 1924 年前后，他和我们的母亲李玉梅相遇了。母亲也是吉林人，同样生于 1902 年。她从小喜欢读书，是四个姐妹中唯一一个喜欢上学读书的孩子（母亲其他姐妹不愿读书，进校几天就自动退学了）。在那个年代里女人读书的可是不多的！母亲读完了吉林女子师范学校就在该校任教。当时吉林没有大学，吉林市组织了一些青年人到北平去参观北平师范大学。母亲想读大学，就加入了这支参观队伍来到北平。而接待他们这些参观者的，正好是包括父亲在内的一些家乡是吉林的师范大学的学生。在 20 世纪 20 年代，想读大学的女子极少，母亲在这些参观者当中很突出，她和父亲也就这样认识了。

1928 年父亲启程去了美国，他和李翠凤的婚姻已经名存实亡。他在美国加利福尼亚州(State of California)的斯坦福大学(Stanford University)教育系读硕士学位。他希望和鲁迅一样能实现"教育救国论"。母亲也在这个时候考入了北平女子师范大学中文系，来到北平实现了读大学的梦想。这时的父亲和母亲在中国北平和美国加州两地的书信往来频繁，他们开始谈恋爱了。我小的时候曾经在爸爸的一个小箱子里看到过这些两地书信中的"精品"。四妹之琬说有些两地书信的反面曾经拿给她做草稿纸，所以我称这些留在箱子里的为"精品"。

1931 年日本占领了我国东三省，随之把清朝的末代皇帝溥仪搬到长春成立了所谓的"满洲国"。1932 年日本人的满洲国通知在美国的中国公费留学生，只有签字承认满洲国才能继续得到国家提供的公费，否则就停止公费，一切自行解决。父亲当时是坚决不承认日本人的傀儡——满洲国政府的，所以他拒绝了签字，只读完了教育学硕士学位于 1932 年就回国了，本想继续读博士学位的愿望因此未能实现。

父亲回国后，同时被北京师范大学教育系和天津女子师范学院聘作教授，每周至少要去一次天津。当时华北还相对稳定，他对教育救国梦想的追求就开始了。这以后的几年是他一生中工作顺利、生活相对稳定和富裕的时候。可是好景不长，1937 年七七事变，日本占领了北平，不幸和灾难降临在所有中国人头上，父亲当然也不例外，他的教育救国梦也随之成了泡影。

按照当时中国的法律。1932年父亲回国后就登报声明和李翠凤离婚，正式结束了那段名存实亡的不幸婚姻。之后不久，父亲和母亲就在北平结婚了。婚后一年多我们唯一的哥哥，也是父亲唯一的男孩出生了。在哥哥不到半岁时，一家三口经历了一次战争的"虚惊"。父母带着他逃离北平到乡下暂时避难，因为惊吓及没有照顾孩子的经验，回到北平后哥哥就因病夭折。当时大概还不到一岁。这件事对父母是个重大打击。父亲喜欢儿子，但后来十多年中却只生了6个女儿，对他来说是个莫大的遗憾。

两张照片：十岁之前我的记忆

1935年我出生了，作为第一个女儿，当然是父母的宝贝。那张母亲抱着我坐着，父亲站在旁边的照片是在我半岁时照的。当时家里生活也还稳定富裕，照片中的他们都显得很年轻很精神。这就是我说的第一张照片。但是好景不长，两年后的1937年卢沟桥七七事变，华北沦陷在日本人手中，中国人处于水深火热之中。在这之前父亲也想过离开华北随政府南下，可当时二妹即将出生，全家走不太可能，他自己走又不放心家里。中国军队在日本军的战火中节节败退，使他迷惘，能走到哪里去呢?他决定留下来。

1937年底日本人在北平城里成立新民会，要找一个学历高一些的中国人做新民会下面教育部门的官员。我也不知道他们是怎么知道父亲的，但是为了这件事，日本人派了一名军官和两个兵持上了刺刀的枪来到我们家。当时3岁的我又好奇又害怕，就通过门帘缝偷看。父亲躺在床上，他的声音很弱，我大概听到他称病，表示做不了这个官，后来日本人就走了。可没过两天，日本人又来了，还带了个医生说是给父亲看病。可能父亲身体某个部位真的有病，那次看过之后日本人就没有再来。我后来想，日本人可能也找到其他想做官的人了。父亲当时很害怕，他怕日本人因他不合作对他不利，所以每天呆在家里不敢出去。当时他工作的北平师范大学已被日本人任命的校长接管。父亲认为在这样的学校做事就是给日本人做事、是汉奸，所以他辞去了北平师范大学教育系教授的工作。又过了一段时间教育部的官员有了人选，日本人也没再来找麻烦。可是一家子人总得想法生活，父亲就到私立北平中国大学去教书，因为这是个私立大学和日本人没有关系，虽然薪水少，但总算对得起良心没做汉奸。

我所说的第二张照片是在我 3 岁多照的，也就是他去中国大学以后的 1938 年或再晚一些。我坐在父母中间，从这张照片看，父亲的神情很沮丧、失望、无奈，人也苍老了许多。两张照片时间相差只有两年多，父亲就会有这样大的变化，可想而知，直到 1945 年日本投降，父亲都是在艰难中度过的。

我们小时候父亲是按美国的教育等级来送我们上学的。大约在我四五岁时就把我和二妹送入北平洁明幼稚园接受学前教育。这所幼稚园是教会办的，采用美国教育方式。院子很大，教室有彩色玻璃，我很好奇。虽然学费贵，父亲当时收入又少了，但还是送我们去了。

父亲是很注意我们的教育和成长，我记得小时候他给我们看他从美国带回的各城市的明信片，大约有二三十张。父亲给我们讲美国情况，让我们好好读书，长大了也去美国学习。我们都很喜欢这些精美的画片，慢慢地都被我们看坏了。可惜在我后来学习的年代里，是没有机会到美国读书的，父亲的心思也白费了。

　　自从"七七事变"后我们的家庭经济情况越来越差。我五岁以前每年过年都有新衣服、新鞋穿，后来就没有了。小孩的一件棉衣穿两年就又脏又破了，父亲说我穿的是油篓棉袄，那时我们家就住在油篓胡同。当时的私立北平中国大学在日本统治下是无法发展的，学校经济每况愈下，工资发得少，每月就发一袋面粉来补足。为了省钱，父亲都是自己把这袋面粉扛回家。有时我跟着去，帮他拿一拿上课用的书包。过年时他常带我出去买东西，我总觉得父亲老得很快，人也不挺了，精神也不足，好像一个老人，其实那时他还不到四十岁。我当时很怕父亲病了、没了我们没法生活，经常做父亲死了的噩梦。后来妹妹们一个个出生，家庭经济情况更差了，父亲就用倒卖房子来增加点收入。我记得那几年我们常常搬家而且房子越住越差。当时房子交易也不容易，父亲又不会做生意，所以这件事也做不下去了。我们最后搬到在西城西栓马桩的一所很破旧的房子里，靠着紧缩自己的居住面积把房子出租一部分来贴补生活。五妹、六妹都是在这所院子里出生的。为了省钱，母亲没去医院，她俩都是请护士到家里来接生的，胎盘等父亲就掩埋在院子里。我每次都好奇地跟出去看。我们一家就是这样在父亲的带领下，以很低的收入，紧缩生活开支，维持到抗日战争胜利的1945年。

　　四妹之琬是我们姐妹中最聪明最漂亮的，父亲也最喜欢她。自从我们的哥哥死后父亲一直想有一个男孩，可是却接着生了三个女儿。四妹之琬出生后，父亲就把她当成男孩养，头发剪成男孩的分发，衣服也都穿男孩子的，直到她上小学时还是这样，慢慢到上中学才改过来。在姊妹中，本来我是父亲的宠儿，之琬渐渐大了，父亲的宠儿就由她代替我了。父亲对她的教育也很重视，希望她读大学但她总想早日参加工作以减轻家庭负担。

　　太平洋战争爆发后美国参加了第二次世界大战。父亲看到了希望，因为他相信美国。每天晚上他用从美国带回的收音机听短波——美国之音。他每一次听时都把书房的窗帘挡得很严，房门关好，声音放得很小，我们也都不进去打扰他。他听到美英法等协约国胜利的消息就高兴地讲给我们听。这段时间他白天除了去中国大学上课外常常大声朗读英文，好像很兴奋。也有时他看上去情绪不佳，甚至烦闷，长时间地读中国古典诗词。我喜欢并且能背诵的旧诗词多数是在这一段时间听父亲经常读的。如唐朝诗人刘禹锡的"乌衣巷"后两句"旧时王谢堂前燕，飞入寻常百姓家"。和杜甫的"茅屋为秋风所破歌"中的"安得广厦千万间，大庇天下寒士俱欢颜，风雨不动安如山！"父亲希望中国人能过上平等富裕的生活但是直到他去世也没能实现。就是到现在官员的贪污腐化，人民贫富差距越来越大，人民的平等富裕生活又在哪里呢？

在抗日战争后期，也就是 1943 年以后，中国人创造的财富都被日本人用于战争，国内经济每况愈下，日本人对中国人的欺压也变本加厉。那时粮店里只卖一种用粮仓底部发霉的谷物磨成的粉，称之为"混合面"，大多数北京人都吃过。我们家也吃过几次，不但难以下咽，而且吃后有中毒的症状。父亲怕大家吃了生病，就想办法去天桥黑市买高价粮食，但由于人多钱少，只能买玉米面，所以我们每天的主食就是玉米面窝窝头。当时油很少，肉就更少，考虑到我们长身体更需要营养、为了让我们吃到鸡蛋，母亲养了几十只鸡，我也跟着帮忙，可是不幸的是，没过多久，所有的鸡都瘟死了。那以后父亲就去黑市买花生米，每次吃窝窝头的时候给我们每人发几粒，作为给孩子增加营养的心理安慰吧。就在这时发生了一件使我终生难忘的事。大概是 1944 年春节前，父亲带着我去天桥粮食黑市想买一袋大米回来全家过年。父亲买好大米后放在路边让我看着，他去雇车好把米拉回家。我当时只有八岁，看他走了心里害怕，眼睛就一直盯着他，没看着那个米口袋。等父亲雇车回来时，这袋米已被小偷拎走了。父亲很懊悔，但是并没有责备我，只是又买了少量的玉米面等杂粮，带着我坐公车回家了。父亲没有说我，却让我心里更难过，我不但把父亲的血汗钱给丢了，一家人过年也吃不上大米饭了。

在抗日战争接近尾声的 1944 年，食物更短缺了。父亲怕一家人挨饿，用仅有的一点积蓄买了一缸油和十几袋面粉为全家人度过这最后的难关。

抗日战争胜利到 1949 年

1945 年 8 月 15 日日本投降的消息传来，那天父亲真是无比的高兴，我们姐妹也都跟着父母高兴。苦熬了 8 年，中国人终于胜利了。我们都恨日本人，他们不把中国人当人，大家敢怒不敢言。现在好了，胡同里的那些日本女人一个个低着头走路了。

没过多久，父亲的一位在美国留学时的中国朋友——方永蒸，来看父亲。他们这对阔别了 8 年的老朋友，见面后无比亲切。他们互相说老了。方先生还说母亲憔悴了许多，我听了心中很不好过。是啊，8年了，父母可真不容易，在精神备受压抑的情况下，为了生活和养育我们姐妹，整整挣扎了 8 年，怎么会不老呢?这位方先生在"八年抗战"期间去了后方重庆，日子过得也很艰苦。方先生很钦佩父亲，把父亲看做英雄。因为父亲在日本统治下能保持清白——历尽千辛万苦，也不为日寇工作。方先生当时要去吉林主办吉林长白师范学院。他那次是来聘请父亲去该校做教务长的。

之后父亲先和方先生一起去了一次长白师范学院，回来后没过多久，就带领我们全家乘火车经沈阳、长春到达吉林。我们在沈阳停了两三天，住在爸爸在塘沽的堂妹家里，当时堂姑父是高级军官，家里是花园洋房式的三层小楼，每次吃饭都要打铃，让我感到新鲜有趣。父亲高兴地和亲朋聚会，当时父亲在沈阳还有一个外甥女儿叫李德裕(后面还要单独讲到她)。到长春后我们住的日式宾馆也很讲究，吃的好像是西餐。长春街道很整洁都是楼房，和北平不同，我很好奇。当时我们感到胜利了，生活一下好了起来，好像一切都有希望了。

到吉林后，我们一家先住在大姑母(她并非父亲的亲姐姐，后面还要讲这个故事)家里。大姑母是个五十来岁的山东农村女人，家里养了很多只鸡，每天能收很多蛋。父母也把我们的外祖母接来同住。外祖母七八十岁，和我母亲也分别了二十多年，相聚一起，也让她享受到了三世同堂的天伦之乐。当时长白师范学院刚开办，父亲工作很忙，母亲在吉林市妇女联合会做些工作。这个组织的工作人员多数是官太太，母亲和她们没什么共同语言，后来就不去了。由于父母都忙，我们姐妹除了上学，就在家里帮着大姑母养那些鸡。后来长白山师范学院家属宿舍建好了，我们一家人就搬到位于吉林市郊区的学院里去了。

在这段时间里父亲很忙，但他很高兴能为国家的教育事业做些实事，为他的教育救国论的实现而努力。虽然他忙得很少和我们见面，但每次看到他时他都是神采奕奕的，好像人也年轻了。就在这一年暑假(1947 年)父亲带领我们做了一次吉林山水的旅行，让我们亲自体验家乡的山和水。我们看到了长白山、溶洞和松花江，那是我第一次见到真的大山。在这次旅行中，父亲还给我们讲了他小时候在吉林因为家穷做学徒和上小学前读私塾等故事。现在回想起来，在刚到长白山师范学院的那段时间里，他是很愉快的，虽然不能和抗战前相比，但也算是他一生工作和生活的第二个高峰了。

但是这段快乐的时光并没能持久，也就过了一年多的时间，情况就急转直下了。国民党政府官员的贪污和生活的腐化越来越严重而且无处不见。父亲所在的学院也不例外。母亲去妇联开会回来说所谓开会就是摆桌大吃。父母对这一切都很反对，母亲的妇联工作可以不去，但是父亲在学院是有职务的，也只好干下去。接着就是国共和平谈判破裂，东北要打仗了，父亲又陷入了困境。

1948年暑假父亲去沈阳为长白师范学院招生，因为内战，吉林、长春铁路已经不通。父亲被困在沈阳，为了一家人团聚，也为了躲避战争，父亲想携全家回北平。他请在沈阳的堂姑夫趁去吉林工干返回沈阳的时候，用他乘坐的一架军用飞机把我和三妹之珞带到了沈阳。那年我十三岁，三妹十岁，是父亲做饭给我们吃，我能马马虎虎地帮忙洗洗衣服。由于卫生条件差，三妹长了一头虱子，我们的衣服上也都有虱虫，我们就在这种困难中度过了半年多。

因为当时东北战场内战很激烈，长春成了一座孤城，食物运不进去，百姓出不来，饿死的人无数。吉林相对还好，母亲当然要出来和我们团聚，但是火车不通，只能乘马车还要过几道关卡。母亲就大胆果断地带领四个妹妹从吉林乘坐马车到了沈阳，全家终于在异乡沈阳团聚了。但是沈阳只是父亲的临时住处，一下子八口之家住都成了问题。当时沈阳的局势也不稳定，大多数在沈阳的人都想到平津一带暂避，父亲也不例外。但是铁路早已不通了，要从沈阳出来只有乘飞机。我们到达机场后看到人山人海，要走的人多飞机少，运不过来。父亲看见飞机驾驶员和管理人员都是美国人，就去找他们，用一口流利的美国英语说服了他们，让我们全家上了飞机。我当时很佩服父亲，要不是他能讲流利的英语，我们就回不来了。其实那时他已经十七年没讲英语了，还能讲得这样流利，感动那些美国人，这是他在抗战八年里经常大声朗读英语的结果。

我们全家回到北京是1948年春，父亲再次处在两难的境地。许多政府官员和知识分子都往南跑，去投奔国民政府，但是父亲不愿跟着他们走。因为国民党的政府太腐败了，物价天天飞涨，他已经不相信这个政府了。当时，我们姐妹还都未成年，人又多，也无法全家走。但是留下来，他又不了解共产党。当时有一本《新观察》杂志介绍共产党的情况。他就找来天天研究。最后，他得出了共产党要好过国民党的结论，决定留下来。但是从父亲后来的经历来看，和许多知识分子一样，他们都遭遇了许多的不幸。古建筑大师梁思成、林徽因夫妇，为保护古建筑而留下来，最后却未能如愿，林徽因受到打击而生病早逝，梁思成在反右和文革中受到批斗；国家副主席宋庆龄因对"左"的做法有异议，一度受到冷淡。

在这一段动荡的时间里，大约有一年多，父亲只是看《新观察》，研究共产党。他没有什么工作好做，我也没学上。虽然不安定，但是我们还是一天天的长大了，父亲更关心我们的学习和成长。在这段时间里他教了我不少东西，首先是英文，因为英语是世界通用语言，他希望有一天我们能出国深造。他教我字母、读音，给我写单词、句子，教我读。我一直学到 1950 年考入北京师大附中的初中。我现在还保留着他写给我学英文的笔记。上初中后，学校学俄语，认为学英语是崇美思想。我不敢学了，父亲也只能不教了。在这段时间里他还给我讲了许多篇古文，如古文观止中《陋室铭》、《爱莲说》、《祭十二郎文》、《前后出师表》等等。在中国古典名著中父亲最喜欢读《三国演义》，给我们讲刘关张的义气和孔明的聪明才智。父亲最欣赏孔明对刘备三顾茅庐的知遇之恩，他叫我们学刘备的谋略、关羽的义气、不要学张飞的有勇无谋。

父母都喜欢京戏，他们的主要娱乐活动就是看戏。我五六岁以前是家里的宠儿，他们去看戏总是带着我。我还记得晚上散戏后回家时，我常常坐在他乘的人力车上就睡着了。由于父母的影响，我成了一名京剧迷和梅(兰芳)派票友。

我小时候，父亲还常在过年前带我去买年货，给我讲一些中国人过年的传统习俗。还有一次父亲带我和几个妹妹到复兴门外去看菜地和农田，让我们对蔬菜和禾苗有些常识不至于认错。我们也是第一次看到在农田里干活的农民是多么辛苦，对"谁知盘中餐，粒粒皆辛苦"有点感性认识。

1949 年解放到 1966 年文化大革命

1949 年，北平和平解放。我们当时住在北平的老百姓都很感激当时守城的国民党军队将领傅作义，他保护了北平古城及人民生命安全。否则，在解放北平即中国人打中国人的战争中又不知道会死多少人呢！

因为不知道共产党是怎样的，在军队进城的那一天，北平的老百姓都到街上去看，父亲也去了。他回来说共产党的军队不错、纪律很好，北平的老百姓对共产党的最初印象很好。

共产党进入北平城后也和在农村或其它地方一样，发动群众、打击坏人、斗争恶霸等等。天桥有个南霸天据说就被斗了。就在这时，我们家里发生了一件使我难忘的事：父亲以前那段已经离异的婚姻又起了波澜。自从 1932 年父亲登报和李翠凤离婚，在法律上已经生效，后来当然互相之间都没有消息。直到 1946 年我们全家回吉林时才听说李翠凤出家做了尼姑住在庙上。这次事情的发生是我们一个堂兄刘籍从中作梗所致。我大伯(父亲的大哥)受父母影响也抽鸦片，家境不好，有三个儿子，最小的名刘籍。"九一八事变"吉林沦陷以后，他从吉林来到北平想投靠父亲。父亲看他仪表堂堂就认作干儿子。父亲供他在北平的中学读书，但是他书也读不好，最后被学校开除了，就又回吉林去了。他一直也没什么技能，没有一个正经的职业，只是在社会上混。他每次来找父亲就是要钱、要东西。父亲总是尽力满足他。1949年共产党解放北平后，他就和李翠凤联络，想利用李借共产党的力量向父亲要钱。因为父亲认过他做干儿子，他就说李翠凤是他母亲，这次他就带了"母亲"到北平来告状了。当时这种事都是通过开群众大会形式来解决的。有几个军人打扮的会议组织者在我们所住地区的一个中学操场上召开了群众大会。当时，北平人都不了解共产党的行事，来了很多人，少说也有几百位。我当时也不知道是要干什么，我怕父亲受害，就跟着去了。大会开始他们让我父亲站在前面，李翠凤好像也站在前面。那个刘籍就站在前面讲父亲怎么不好，抛弃了李翠凤，至使她当了尼姑等等，李翠凤也不时地插言。下面的人都是来看热闹的，也就乱哄哄的。最后父亲拿出以前的报纸，上面刊登着离婚申明，因为这在当时法律上是有效的，他们也就没话说了。最后有个组织的官员宣布要父亲对李翠凤赔钱。我们卖了自己的住房又搬到一个更小的房子里赔了钱，这事才算告终。当时我只有 14 岁，但感到这件事对父亲不公正。既然已登报合法离婚，事情就已结束。不经法院，没有法律依据，以群众会的方式解决法律问题，岂不是儿戏？虽然，这件事李翠凤是社会的受害者，父亲又何尝不是呢？

又过了一段时间，根据政府要求，不在北京工作的知识分子，登记之后要去原工作地区学习。父亲属于此类，原工作地是吉林。大约是 1950 年，父亲被通知要返回原工作地区学习，但学习地点不是吉林而是长春。父母决定让我陪父亲去，因为我当时已经 15 岁，能帮父亲做些家务。到长春后，父亲每天按时到集中的地方去学习，学习内容我不知道，可能是上大课，从他学习回来的情绪看，他不甚开心。他去学习时我就在家看看自己的书(我当时是初中学生)和做做家务。这样大概过了几个月，学习结束，经领导谈话之后给他分配了一个在山西大学的工作，我们就回北京了。那时我们全家都在北京，父亲对这种使他一人离家在外的分配很不满意，但也没办法，为了全家人的生活，他只能去了。

　　他在山西太原工作了一年多后，了解到北京将有一次政府对知识分子的招聘考试，父亲觉得这是回北京工作的机会，他就回来参加了考试。这次考试就是他的诗"赴试"中所描述的。大概他考得不错，终于用这个方法父亲又回到了北京。他被分配在北京财经学院教统计。他在美国学的是教育，对当时中国的教育课是无用的，但他学的教育统计中的统计学却就在财经学院的教学中派上了用场。

　　父亲在北京财经学院工作时期是从1949年建国后一直到他退休，这是他唯一一段在北京工作的时间。这段时间里他比较高兴，和我们姐妹在一起相处的时间最多。为了适应环境，他参加了民主同盟会。那时，财经学院有一个学生京剧唱得不错，经常在礼堂公开演出，父母带我们去看戏。但是，没过多久，新的挫折就又降临了。在1955年前后，有一次他发现学校一个党领导写错了一个字，就很随便地告诉了这位领导。父亲认为这是一件很正常的事情，而那位领导则认为这是父亲对党的不恭，因此把父亲调到河北省正定县的一个中专财政干部学校教统计。父亲很沮丧，回家说他被贬了。但他不敢不去，因为当时正是批判大知识分子不服从小知识分子领导的时候。因为心情不好，去正定以后他经常生病，每次回来我都觉得他又瘦了。我到车站送他，总有朱自清散文《背影》描写的感觉，我常常为此伤心流泪。再后来不久就开始"大鸣大放"了，接着是"反右"。父亲因为身体不好，就以回北京看病为由没有参加"大鸣大放"和"反右"，回到北京家里养病了。

　　在这一段时间里有件事对我的影响最深刻，也因为这件事让我改变了对现实的看法。当时我正在清华大学读书，一天在图书馆前布告栏贴出了号召师生"大鸣大放"给党提意见的布告。布告说这是帮助党整风，要人尽其言、有什么说什么、什么话都可以说。我看了布告很好奇，就回家对父亲说了。他立即对于我说，你记住!不要多说话，更不要提什么意见，会有危险的。听了这话我将信将疑。以前在中学时我在学校听到党团领导和老师讲的套话都信以为真，并用来和父母的观点辩论，但我从来说服不了他们，致使自己很迷惑。这次父亲说得这样严重，我也有些害怕。在学校开会时，我就没说什么。那段时间，晚饭后天天开会，有许多同学说话，提了意见，好像还有不同的意见有争论。大概又过了两三周的时间，还是在图书馆前原来贴出让大家大鸣大放布告的地方，又贴出了一张新的布告，号召全体师生起来反击借向党提意见来攻击党的右派分子。我们党让他们提意见就是为了引蛇出洞，现在蛇都出来了，我们要打蛇。我们每晚的会更多了，时间更长了，更严肃了。把前几天给党提意见的人都找来对他们的意见一一批判。又没过多久，就把这些同学定为右派分子，重的开除了学籍，弄到什么地方劳改去了；轻的还留在学校，开除党团籍，使他们直到毕业也抬不起头来。这件事对我触动非常大，我庆幸自己听了父亲的话，免去了一场大灾难。

在"反右"前后一段时间，山东曲阜(孔子的家乡)正在组建山东曲阜师范学院。由于这段时间父亲没去正定财政干部学校，校领导对这样一个"大知识分子"可能也感到麻烦，再加上因为父亲是学教育的，他们就以归队为名，把父亲调到曲阜师范学院了。1958年父亲又只身一人去曲阜工作了，他只是寒暑假才能回到北京。1960年以后，母亲带着大外孙马磊，去看过几次父亲。

1958年到1960年是总路线、大跃进、人民公社三面红旗的年代。大炼钢铁时，提出了钢产量要超英赶美。怎么超、怎么赶，就是让老百姓捐赠铁器，把家里做饭的铁锅铁铲都捐出来。在大院里或街上比较开阔的空地上，人们都用砖砌起了小高炉，把这些捐来的铁器放进炉内，据说是能炼出钢来，称之为全民大炼钢铁。人们都对这样炼钢来超英赶美很怀疑，但是报上出现了一连串钢高产量的数字。有点常识的人，稍稍分析一下，就会知道这些数字的不真。最后小高炉也拆了，在街上到处能看到炼出的一块块似钢似铁的东西放在路边也无人问津了。这一连串的事实，使父亲明白了：他的教育救国论的理想现在不可能实现。

再接下来就是老百姓吃不饱的三年困难时期，市场上食物极少，样样凭票供应。父亲可能级别不算低，有点特殊的供应，但也只是一点点黄豆而已。他很喜欢吃肉，当然吃不到。他的食量不小，可能也吃不饱。在曲阜他就是这样过的。实际上他对所谓三面红旗及以后的四清运动有很多的看法和不满。我没主动去和他谈过这些，他也可能不愿意谈。在这种心境极坏，又无法发泄的情况下，他只能寄哀怨于他喜欢的古诗。当然他不敢公开发表这些诗，也无法发表。他只能偷偷地写下并把它们藏了起来。这确实是在那个时代在知识分子当中，发出的不同声音。但是当时我们家里无人知晓，一直到文化大革命，他虽然已经退休，还是因此事而没能躲过这浩劫。

父亲是 1964 年退休离开曲阜回北京居住的。他不想再回去了，就把生活用品都带回了北京。他在曲阜的住房给了他的助教。房子里放了一捆他曾经看过的参考消息，没想到的是，他把一些旧诗稿，包括那些不满现实的诗稿，夹在参考消息里面忘了。这位助教发现了这些诗稿，后来在文化大革命中揭发了出来，成为曲阜师学院红卫兵到北京来揪斗他的理由。

1964 年父亲退休回到北京后，情况比一个人在曲阜好一些。生活得还顺当，每天看看书和报纸。他看的书主要是从美国带回来的英文书籍和一些中国的旧诗词，如《剑南诗抄》、《随园诗话》、《浮生六记》等。他把精神上的苦闷转移到这些爱好中去了。下午有时喝喝咖啡，这是他在美国养成的习惯。我们姐妹多数都结婚了，不再住在家里，只有五妹之琳和六妹之瑗还在大学读书。我们常在假日回家看看父母，父亲也就是和我们说说家常，很少涉及政治话题。记得那年暑假他还和我一起参加了我的单位组织的去明十三陵和水库的旅游。

父亲虽然留学美国，但他的思想还是中国传统思想。他推崇儒家思想，经常说"学而优则仕"、"博学才能多才"。他希望我们多读书，让我们都读大学，为将来工作打下良好基础。但是我的3个妹妹(二妹、三妹和四妹)都想为家里减轻一些经济负担，读了中等专科学校没有读大学，这是父亲的遗憾。

大约在这段时间里，批判武训，毛泽东说武训不足为训，在报纸上大讲特讲。父亲可能是实在受不住了，我记得当我回家看他时，他对我说，武训讨饭办学是为百姓做好事，是提高百姓教育水平和素质的大事，这是中国最缺乏的。正因为父亲的这个信仰，他一直想的是教育救国，但始终没成功。退休了以后他又想自己办所私人学校，为教育做一点点事。但在当时的环境下，父亲的这一愿望是不可能实现的。

建国后几次简化汉字，随后又推出了汉语拼音，用英文字母写汉字，父亲在这个问题上很不赞同。父亲对我说，简化汉字好处是易于学，可以把中国的文盲减少一些。但是不能因此废除繁体字，繁体字的形、音、意都是相联系的，这些在中国文学作品中是不可缺少的。此外，他也不赞成使用汉语拼音，支持用中国传统的注音符号。父亲认为汉字竖写是中国的文化，用横写的英文拼音注音会直接影响到这一传统。父亲除写英文外，很少横着写字。即使他用便笺写几行字，他也总是竖写。

文化大革命及以后

1966年文化大革命一开始，因为前面提到的父亲的助教揭发旧诗稿一事，父亲被抄了家并揪回了曲阜。当时我不在家住，没有看到实际情况。家里本也没什么像样的东西，家具都是从东北回来时买的旧的。最后，红卫兵只好拿走了家人过冬的衣服及父母的结婚戒指。

父亲被揪回曲阜后，经过几次批斗，就病倒了。他曾回北京看了一次病，但很快就又返回曲阜了。在这期间，五妹之琳已读完清华大学的无线电系，正在北京等待分配工作，去曲阜看过父亲。之琳说父亲回曲阜之后，精神和身体都受到很大的折磨，使他万分痛苦，日子非常难过。直到1971年"平反"之后父亲才得以返回北京。刚回来时，他很瘦、精神也不好。这里有两张当时的照片，一张是小的标准照，还有一张是在曲阜师范学院大门口，是朋友们送别他时照的。可以看出他身体的瘦弱和精神的疲惫。

在父亲回来前的1968年，学校对他们这些"牛鬼蛇神"不是管得那么严了，五妹之琳被清华大学分配到延安工作，父亲曾回到北京来送她，我们全家在北京的人都去了车站。记得当火车开动时，父亲失声痛哭了。他认为之琳的一切条件都很好，所以被分配到这样的边远地区，完全是因为他的"问题"而被"发配"的，他实在太难过了。我就跟在他背后，也跟着落泪，这一幕使我至今难忘，想起来时还是非常难过。

20世纪70年代末80年代初，邓小平提出了改革开放。父亲就又想自己办学校了，并开始着手准备。他拟定了办学宗旨，起了校名，毓文学校，并让我先生写了匾额挂在大门口。但是，他那时已近80岁了，又经历了文革的折腾，身体很差，力不从心，直到他1984年病重去世也没能完成这个心愿。

父亲在他1964年写的英文自传中说，他相信自己会有个幸福晚年。结果呢？他的"幸福晚年"完全被十年浩劫的文化大革命给断送了。

父亲的崇敬者：我们的大表姐李德裕

李德裕是父亲大姐的女儿。我们这位大姑母的婚姻是被欺骗的。大姑父是山东人，在吉林经商，很富有。我祖父因为贪图他有钱，就把女儿许给他了，说是原配，其实他在山东农村还有一个太太。大表姐是大姑母的第一个女儿，出生后没多久，山东老家来了一个亲戚，把大姑父在山东还有太太的事说了。大姑母成了小老婆，她气急之下得了重症不治而去世。因为祖父母抽鸦片，家境不好，父亲从小由大姐照顾，俩人感情很深。当父亲得到大姐突然去世的噩耗时，非常伤心，就把李德裕接到我的祖父母家里。后来大姑父把山东的农村妻子接到吉林，还带了一个在山东出生的儿子。她对大表姐还不错，人也实在。1946年我们全家去吉林时，就是先住在她的家里。尽管家里有了"母亲"，对大表姐来说还是外婆家亲，尤其喜欢三舅父——我们的父亲。

父亲在兄弟姐妹中是读书最多的，也是读得最好的，后来又考取了公费留学美国，受到了美国教育。因此李德裕小时候在外婆家就很崇敬我的父亲，我父亲也很喜欢她，一方面是我父亲和大姑母的感情深厚，很同情李德裕不幸的身世，另一方面是李德裕从小就很要强。她受父亲影响也很喜欢学习，并且学得很好，父亲也尽可能地帮助她。

李德裕是学医的，20世纪30年代在北平协和医学院读书，那时她常来我们家。她毕业以后，为了照顾她父亲，就回吉林工作了。当日本人占领东三省以后，她父亲在日伪政府中做了一个小官，她感觉她的父亲没有骨气，就离开了吉林去了沈阳。这一点也是大表姐佩服我父亲的原因，在日本统治北平时，父亲再苦也坚决不为日本人工作。

李德裕到沈阳后就筹建开了一所私人医院，为中国人看病，对穷人特别照顾。在日伪统治下，一个单身女人能有如此作为，是很不容易的。1950年父亲去长春学习，我和他同去，在沈阳就住在大表姐的医院里。这所医院到公私合营时才关了，大表姐成了沈阳医学院的教授。她在文化大革命中被批判，自杀未遂。平反后，她又继续工作，活到九十多岁。

之珩

于美国旧金山

2012.12.

美好的记忆

一篇放在互联网上"寻找刘明樾"的短文，被家人无意中浏览到。在"随笔"上发表的日期早在 2006 年，这篇文章的作者是南开大学中文系李新宇教授。我们看到这则"寻人启事"已是在 2010 年，妹妹们和李教授取得联络后，经姐妹们商量我们可以写些有关父亲早年生活的记述，虽然是一些生活片断，也可给有兴趣研究和了解父亲的学者提供些素材，即使微不足道，但作为刘先生的子女能在父亲诞辰一百一十周年献上一篇回忆小文，也必是我应该做的事。以下是我记忆中与父亲有关的故事。

我是父母的三女儿，因为属相和父母相同——肖虎，所以小名叫同生，学名刘之珞。小时候常为这不俗的名字觉得与众不同：这名字太不像女孩的，有人问这名当作何解？我就会说"珞"是古代皇帝帽子上的宝珠，有人读不准"珞"的音，总是"璐、珞"不分，所以我感谢父亲给了我这不太会"重名"的好名字。

我的最早记忆——搬家

依稀有印象的住家是在锦什房街的油篓胡同，这是个"死胡同"，出口窄，里边有一空场，孩子们可聚在这里玩耍，印象中大门前很开阔。有一天父亲带着买回来的风筝，在这空地上教我们放风筝，这是北京孩子们和大人最爱玩的活动，每每看到那纸鸢乘风飘在天空时真是高兴极了。可不是每次都能收回来的，有一次风筝线眼看着绕在了树枝上，又被父亲拉起，但后来还是落在别人家的房顶上。大姐不甘心就求邻居的大孩子爬上房取了下来。

到了四五岁就该上幼稚园了。这时我家已姐妹四人，上私立的幼稚园费用较高，所以我在四周岁（虚岁五岁）就考进一年级。大姐和二姐在同一所小学的二、三年级，这样上学时可作伴。父亲就在距小学不远处买了一处住房：这就是西栓马桩 26 号院，在宣武门内。从家到学校大约有两百米，我常常一路小跑就来到学校。这 26 号院现如今已不复存在了。而这小院留给我许许多多美好的东西。就是这座院落，父亲当初也曾为之费了好一番心血，这些都成为我永远抹不去的童年记忆。当时在日伪统治下，粮食和生活物资极为匮乏，只有在日伪的所谓政府机关、公立大学，教育机关供职的才能得到日伪当局的"配给"，可父亲不可能这样做，他的爱国气节，不当汉奸，不为五斗米折腰的做人原则，使他断然拒绝当时所谓"国立"大学的高薪酬、高待遇的聘请而到私立的中国大学任教，这样家中的生活不但拮据而且得不到面粉配给。你去买粮食就必须搭上一半的混合面儿（连杂和面都不如的发霉的坏粮食磨成的粉）。就在抗战时期艰难的日子里，母亲不但没任何怨言还能协助父亲把家中生活理顺，比如让父亲将正房前的空地"开垦"出来种上老玉米和花生等农作物，并在靠西侧的院墙下，垫高土台用苇条圈起来成为鸡栏，买了不同的品种——大油鸡、白鸡、黑鸡等，最多时有七八只。喂鸡和做鸡食的活儿常常是我和二姐去干。

那段时光充满了乐趣，特别拣回鸡蛋时最开心。这样大约有两三年时间，使家人的营养不太差，可以保证我们小孩子长身体的需要。所以，我们具有好体质与父母亲从小的细心呵护有重要关系。那时孩子生病都是将医生请到家里来看病，常来的有一位西医麻大夫，和一位戴有瓜皮帽的老中医，中医给小孩看病很好，有时会小病咳嗽、消

1971 年之珞一家在颐和园

化不良，开两副草药，母亲煎好药吃下去，一两天就一定会好起来，又开始在院子里活蹦乱跳起来，一直到天黑下来回屋吃晚饭。有时连饭都没吃就在沙发上睡着了，可第二天醒来却睡在大床上，妈妈告诉我又是父亲将我抱上床睡的。父亲的确有一副柔软的心肠，关爱家人，像一颗大树一样为我们遮风避雨，使我从小就感到了家庭带给我温暖和父母亲的伟大。正如我后来在小学一年级所学的歌唱的一样：我的家庭真可爱，美丽清洁又安详，虽然没有大厅堂，冬天温暖夏天凉；虽然没有好花园，月季凤仙常飘香；我的家庭真可爱，父亲母亲很健康……就是用现在世界卫生组织对健康的定义——精神和身体都健康，他们也做到了，所以才能带领着全家度过日伪统治下的艰苦岁月。

父母亲都是很勤快的人，父亲最大特点就是爱读书、善于思考、勤于学习，看问题有远见。在 26 号院，正房北屋三间，西端耳房里是他的书房。屋内有很大的写字台，座椅后侧边是书架，有洋装书、线装书，普通的中文、英文书籍。父亲每天会关在书房中看书工作，晚间他要用收音机听新闻，这都成为他每天的"功课"，当然每星期他还要去大学上课，有时大学中的校务也是少不了会去参加的。有时他不在书房时我们征得母亲的同意可以在他书房中玩一会，但大多数是父亲高兴时，会招呼我们姐几个在书房中听留声机、放唱片，其中有京戏、英文歌，也有流行歌曲。最常听的有马连良的空城计、借东风、二进宫、女起解等。父亲也常在年节时讲故事：类似"融四岁能让梨"、"司马光打破水缸"、"花木兰代父从军"等，一些小孩子启蒙教育故事，它们也是中国孩子都听过的故事。我最早听关于《圣经》故事，是父亲讲的"亚当和夏娃的故事"和"最后的晚餐"，父亲讲得很投入，孩子们听得津津有味。这都是在我进小学前后时期的事。有一年儿童节（那时是四月四日）母亲给我们穿上漂亮衣裙，头发系上蝴蝶结。父亲带我们去电影院看电影，让我们感受作为儿童的快乐和幸福。待我们稍稍大些能自己去看电影，父亲会为我们选择故事内容有教育意义的影片让我们姐妹三人一块儿去看。

1971 年之珉、之珞两家与父母合影

二战胜利后，父亲受聘于吉林市国立长白师范学院。我们全家随同搬迁到吉林市，不久我们就入住学院的家庭住宅，因为父亲是当时的教务长，并代理副院长，这样我们分配到一座日式建筑风格的小洋房，整套建筑外观很美观、气派，内部的设备很齐全。我们也在学院临时办的"附小"上学，一切都安顿下来。母亲在学院的图书馆工作。随着 1948 年的到来，吉林的战争越来越紧张，学院中也驻扎了中央军，记得当时的军长还礼节性地来我家拜访了母亲……这之后，父亲在沈阳东北大学任教，并托朋友将我和大姐带到他身边。在那些动荡的年代，特别需要真情的相助。父亲见到我俩时格外高兴，他更感谢这位将我们带到他身边的曲老师。曲老师的忠诚负责以及"受人之托，忠人之事"的高贵品格令人敬重。在那兵荒马乱时，他太太和小婴儿也很需要他的照看，而他却将友人之事看得更重要，并做到尽善尽美。时至今日想到此位先生仍感动不已。父亲的身边有了我和大姐让他倍感欣慰，也使他孤单念家的情绪缓解许多。父亲为了我和姐姐不荒废学习，决定叫我进东大附小读书，就将临时的家搬到东大的教职新村（在沈阳的北陵附近）。开始时，父亲上班前把我送到学校，后来和班上的同学熟了，上下学也不用接送了。晚上闲暇时父亲教我和大姐下象棋，很快我俩都学会了，并常常对弈。到周末父亲会带我们到城市繁华集市购买些生活消费品。每逢节日"东大"的文艺团体主办的演出免费招待家属观看，清楚记得第一次坐到演出现场看京戏就是在这里，剧目有《凤还巢》、《铁弓缘》、《乌盆记》等。眼睛被舞台上的戏中人物深深吸引，其后父亲将这几出戏的梗概一一地讲给我们。

日子飞快地过去，有一天我放学回家时，母亲竟已带领其他姐妹从吉林来到沈阳，并且是坐马车一路走走停停过来的。因为这一行人都是长白师院的工作人员及家属，一路上有八路军的关照很是安全。虽然过"关卡"时受到检查，但家人能平安团聚一起真是幸事。后来，全家准备回北平，因为战乱我们每天都要携带着行李、乘校车赶往飞机场等待飞往北平的飞机。直到有一天父亲用流利的英语和一位美国驾驶员进行交涉，才确定下来可以于次日乘上飞往北平的飞机。父亲在当时发挥了很大作用，也体现出在困难时期，他的果断与沉稳，也为我们以后做事树立榜样。要不是父亲出面交涉，这一行人马还不知要往返于机场和学校多少个来回呢。

终于，我们全家完整地回到了北平的"家"，还是那个我记忆中的庭院，唯一不同感觉是庭院"小"了些，父母说因为我们长高了。也是，经过了三个年份，经历了三座城市，眼界开阔了许多，所以原有"形象"也都缩掉一圈。但这里的胡同，院落，房屋和树木等依然让我倍感亲切。父亲上班工作，孩子们进入学校，母亲照料家务管教孩子们，一切都顺理成章。但好景不长，还没到冬季，小学就停课了，并有大兵进驻了学校……偶尔还听到隆隆的炮声，这一切都预示着时局将要变化。对城市中的民众来说日常生活依然在正常、有序的进行着，市面平静。就在刚过了新年的一天听说解放军已进城，北平和平解放。我还记得我和姐姐等一同去西单大街观看了这一场面：解放军的队伍迈着整齐的步伐，由北向南行进……共产党接收了北京城，没过多久，学校也都恢复上课。我们小学来了位新校长，给我班上课的老师也有新进来的，当然大多数仍是原来的老师。只是每个年级分成甲乙班，通过校内分班考试，我被分到甲班直到小学毕业。

当时父亲是在东北大学任教，他作为"留下来人员"就回到东北大学原地——沈阳，并积极投入到新社会对他们的思想改造中，直到假期才回到北京。不久受山西大学中文系之聘，前往太原任教。在山西大学就作了大约两个学期后，又调回北京。因为有朋友推荐他去北京财经学校教统计学，而且校方已经顺利地办好调动手续，就这样他又回到北京，全家都很高兴，父亲是很恋家的啊！孩子们也逐渐成长起来，需要得到父亲更多的帮助和指导。母亲的"分工"是管家庭的柴米油盐和每个孩子的吃饱穿暖。指导我们读和背诵"唐诗300首"，支持我们多阅读课外书籍。其中有鲁迅先生的作品《狂人日记》、《彷徨》及一些短篇小说，巴金的《家》，另外看得最多的是当时少年儿童中最流行的苏联卫国战争的小说，如《卓娅与舒拉的故事》、《普通一兵》、《马捷列耶夫在学校和在家里》等等，甚至我们之间常因为抢着读同一本书而吵闹。那时母亲就会出来"疏导"——让我们交换着看，以平息"战斗"。这一时期父亲工作是繁忙的，早出晚归，除讲课备课外，还开会学习，他桌头上的书已将北平时期常读的《阅微草堂纪事》、《随园诗话》和《浮生六记》等换为毛泽东的著作如《论人民民主专政》、《论持久战》、《毛泽东自传》等。那是一段很快活而温馨的记忆。后来大概是在1955年的肃反运动中，父亲被错误地怀疑有"敌特"之嫌，而且反复地让父亲自己进行所谓交代，正在他百思不得其解，痛苦不堪时，有知情人将原因透露给了父亲，起源竟然是因父亲在一次校书会议上当众指出学校某领导（老干部）在重要公示牌上写了错别字，而令当事者心怀不满，才引起这子虚乌有的所谓的"历史问题"。在那个年代背上这种"黑锅"是相当严重的。当时此事虽不了了之，但后来父亲还是被调离了北京。这就是正直的读书人在不恰当的时间和不恰当的场合、说了实在的话而惹下的祸端。站在今天的角度，用历史的眼光来看是他那略有些文人"矫真"的气质害了他。回顾中国历史，有过不懂政治和官场的读书人屡屡想敲开这扇门，可他们太"书呆子了"而不被青睐。想来父亲的遭遇该是犯了这种"政治幼稚病"。所幸的是，有好心人救了他一把，（这位好人当时也冒一定风险！）好似拨开了云雾心情也好了许多，全家也如释重负！毕竟父亲是全家的顶梁柱，我们都不想他再遭受任何的痛苦。父亲调离北京后，去了河北正定的财政干部学院。据父亲讲，刚到那里时，校方对从北京来的留美教授的工作安排感到很为难。因为当时的培养对象也不开设英语课，可能历史语文课也有限，所以父亲在正定没呆多长时间，就在"专业归口"的政策指示贯彻中离开正定，走进了曲阜师范学院中文系。经过这样一番折腾后总算安定下来了。他有扎实的中国古代文化，不论是四书五经还是诗词歌赋他都能信手拈来。这也是前辈们脚踏实地，认认真真做学问的态度。父亲自幼经过三四年私塾教育的雕琢，当时私塾的教育方法就是背诵，不管你懂还是不懂只要能背下来就是好学生，所以他在幼年时就培养出良好的记忆能力。大量的诗词经典背得滚瓜烂熟，成为一种文化的沉淀，也构成了人格修养方面的基本素材。文化前辈中就其学问和品格修养，父亲当年常提及的倒是胡适先生，因为胡适先生领导了中国的"新文化运动"和"五四运动"，并且和中国的教育紧密相连。父亲一生所从事的事业没离开教育——教书育人。母亲也教过小学和中学，而我们姐妹四人也都从事教育，论来是家庭

"基因"所致。母亲常说有些人把教书的人叫"教书匠"，好像他们将其归类在"匠人"之列，像"铁匠"、"木匠"乃至"剃头匠"们，都有精湛技艺，且脱离不开人民大众，是一个劳动者群体，长久不衰，受人敬重。因此无论在哪种社会环境下，都有他们的一席之地。父亲到了耄耋之年还办过英语培训班，由于他的认真和专业，有不少同学来报名听课。父亲体恤忙碌人们在工作之余学英语的难处，安排了得力的老师制定了教学计划。但那时，虽然改革开放刚刚开始，各方面还不健全，但他能敏锐地觉察到"业余培训班"是补充成年人再教育一种方法，他也身体力行地去做了力所能及的事，我觉得这是很了不起的。何况父亲当时年近八旬，还能身体力行地开展起这种袖珍式的培训班。尽管后来停办了，乃是因前列腺病不得不停下来认认真真地治疗。母亲也一直劝说父亲休息养好身体后来我曾去到父亲办学的登记管理部门查询，父亲从未注销这项登记，并期望一有机会仍然办下去。想来这也算是父亲留给我们的一笔精神财富，作为老人的初始创业篇章。我们作为后代晚辈，应以先辈之榜样，活到老、学到老，工作到老，让思想永远有活力。

之珞

2013.8.3

永远难忘的记忆

父亲刘明檄别名明月，字荣光，号和蜩，生于 1902 年阴历十月初五，吉林省永吉县人（现吉林县），出身于一个没落的中医世家，自小家境贫寒。中学就读于吉林毓文中学，在当时此校为著名的中学学校，父亲是以半工半读状态完成学业的，一边给人做家教，一边读书。高中毕业后有过几年的教书生涯。1928 年民国政府要保送一批学生赴美国留学，据说当时报考者千余人，只录取 20 余人。

父亲以吉林考生参加考试，并榜上有名。且父亲的成绩是东北三省 3 名录取者中的第一名。之后父亲在美国加州的斯坦福（Stantford）大学读教育心理学。但由于 1931 年伪满洲国的成立，当时的东三省（黑龙江、吉林、辽宁）成了日本人的天下。此时伪当局要求，所有东三省的在美留学生，要签字承认满洲国，这样才可以继续提供学费，否则就停止供给。父亲在国家大义面前，毫不犹豫地选择拒绝承认伪政权，因而停止了留学生涯。

作为我家的第四个女儿，我出生较晚，记得在 1952 年左右读初中时最初接触到与美国相关的事，就是我的练习本，它是用一种淡黄色的质地很好的单页纸钉起来的本子，我用其反面做练习题。每天课间有空暇，我就看这淡黄页纸的正面。（注：黄页纸正是美国的特产，美国直到现在还在生产和应用这种纸张）。原来这正面的文字就是当时父亲在美国留学时和母亲通信的"两地书"。当时年纪小对信的内容还不能完全领会，只觉得字里行间充满了温情和期待，偌大的太平洋也不能冲淡这种思念。

1973 年父亲、之琬与两个外孙

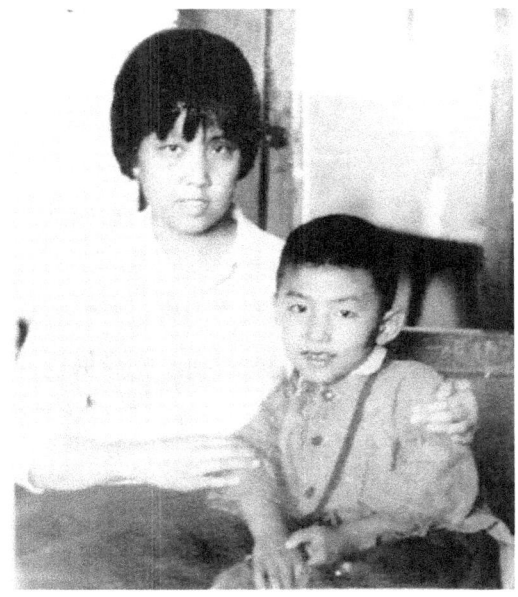

1970 年之琬与其子陆川

父亲出国前曾有过一次失败的家庭包办婚姻，女方家中有钱，但似乎智力有问题，她也应算是婚姻的受害者，此段婚姻以父亲出国而告终。但在1949年新中国成立之后，大约在五十年代初，父亲曾接到过此女告父亲遗弃的讼书，其结果是父亲几乎倾其当时家产之所有作为补偿而了结。

父亲回国后，先后在当时北平的几所私立大学任教。直到抗战胜利后的1946年，当时6个女儿已先后出生，全家8口人决定一起回到东北吉林，因为父亲一直有"衣锦还乡"的情结。

当时父亲以美国留学知名教授之衔，在家乡吉林长白师范学院任教务总长之职。那时我们全家住在长白师范学院校内，校园广阔，花草遍地，我们几个女儿都在上小学的年纪。记得当时人们见到我们，只说"这是刘教授的女儿"就能使人另眼相看，小孩子的心里也充满了优越感。

父亲是一个平时话不多，但出言又颇有威信之人。传统思想比较浓厚，大概因为旧书读得多，酷爱诗词。记得我很小的时候，就常见他背着手踱步，口内反复吟诵古诗词，他最喜欢的诗人是袁枚，《随园诗选》是他常日不离手的书。"六十华年转眼更，万般往事扶心惊，满朝文武呼前辈，犹有慈亲唤小名。"这是我们自小听惯的诗。

对于家庭生活，他应该是很艳羡沈三白的。《浮生六记》是他常读不厌之书，他希冀着沈三白与芸娘那"闺房记乐"的生活景况。

在实际生活中，约十年左右的时间内，先后出生了7个子女（长子早夭），大家庭中父母常为生活奔忙劳碌，尤其是母亲，虽受过高等教育，但绝大部分时光都消耗于全家人的衣食之中，因此日常生活是潇洒不起来的。《浮生六记》中的闺房情趣，在当时社会大动荡的年代任何人也不可能有那种闲情逸致。

父亲虽平时话不多，但却极有口才。记得在国共内战时，东北作为主要战场之一。父亲当时在沈阳东北大学任教，战乱之中，大批人员欲从沈阳飞往当时的北平，我们一家 8 口人也在其中，但人多飞机少，为争取尽早登机，就日夜地住在飞机场的大厅里。每当有飞机到时，人们争先恐后地奔向飞机，由于当时飞行员和机长均为美国人，父亲就作为大学的代表和美国人交涉，这样我们得以平安地登机，飞回北平。反之，若其他乘客中没有这样的人才，登机几乎是完全无望的。

另一件事是有一次全家围坐吃中饭，那日父亲的心情可能很不错，他兴致勃勃地讲起了英国作家史蒂文森的一篇小说，意思说一个"双面人"他有时是一个文质彬彬的、知识渊博的化学博士，而在另一段时间，他则变成一个非常古怪的狂暴之人。当时其中有很多细节的描述，全家人听得全神贯注，几乎忘记了吃饭。记得事后，我也曾找来原篇故事来读，也不过尔尔。但当时听讲的印象却非常深刻，久久不能忘怀。

父亲终生以诗书为伴，文史哲更是不在话下，他尤其喜爱读科技方面的英文书籍，我想这也是在科技如此飞速发展的时代，要跟上时代的步伐所必需的。

父亲较不善长的是运动类的事情，在我的记忆中，他几乎从没有过这方面的行动，顶多是散散步、踱步吟诗而已。

唯一一次是在我们住在西城西栓马桩胡同 26 号时，从我家往南行一百来米有一所学校，叫做"南堂中学"。这一段路是稍有倾斜的下坡路。当时父亲不知从哪儿买了一辆旧自行车，那时好像叫"脚踏车"。他把我和妹妹叫上说是看他练车，他想从家门口往南堂中学方面骑，并对我和妹妹说：看我骑走了，你们就自己回家。父亲几次在一块大石头上挎上车，歪歪扭扭地登不了几步就斜了下来，一直无法骑走，我和妹妹看得又着急又好笑。从这以后父亲再也没有碰过自行车，那辆旧车后来也不知所终。1949年以后，由于父亲有美国留学的背景，颇不受当局的欢迎，更由于他所学的西方的教育心理，在当时是毫无用场的。所以记得他当时是在一所叫作"中央财经学院"的学校教授统计学。当时他的待遇还是不错的，虽然在北京有家，学校还给他一间配置不错的住宅。

父亲处事是十足的书生气，他也为此种下了祸根。我听他说过这样的一件事：在学院门口新挂的牌子上"中央财经学院"的"央"字错写为"夬"（古字同"决"），父亲当时就向学院领导提出，说"央"字写错了，似乎还是在多人在场的的场合下说的。这使当时颇为志得意满的中共大员，觉得有失面子，因此记恨在心。故自那事后，他在学院的处境越来越艰难。这样，终于在1955年以支援为名，被调至地质部正定干部学校，后于1957年山东筹建"曲阜师范学院"时，就又把他"发"到那里去了。而此时父亲已年近六旬，定居在北京也已大

1969年母亲与唐奇志 陆川 在绒线胡同院内

半辈子了，一家老小都在北京，这对父亲来说，打击可不小，那一阵子他情绪很不好。而当时我们六个姐妹都在读书，家庭经济负担很重，所以父亲不得不只身一人前往山东曲阜。

之琬

2012.6

何必持家定有郎

一

1945 年，打了 8 年的抗日战争终告结束，父母带着我们姐妹六人，回到了阔别 20 多年的家乡——吉林市省亲。父亲是留学美国的教育心理学硕士，在家乡有着很高声望，得知他返乡，家乡的教育部门和高等院校争相聘用，他先后在东北大学、吉林省政府特派省教育厅专员和长白师范学院任职。1947 年东北战场硝烟弥漫，时局不稳，父母商议还是尽快返回北平。1948 年初（大约是二月），母亲带着二姐、四姐以及我和六妹去沈阳会合先期离开吉林的父亲、大姐和三姐。

当时，正值东北战役，交通阻断，我们像难民一样，和另外一些逃离吉林的眷属（大多数是妇女和小孩）租了一驾大马车，车没有遮风挡雨的篷子，天气寒冷，滴水成冰。很多人挤在一起，穿着棉衣还是冻得打哆嗦。车走到铁岭，被拦住停了下来。听大人说是国共两军交界处，进入者都要经过严格的检查，包括搜身。

我们全部进入女性检查室，进了门就要脱掉所有外衣，只剩下一二件内衣内裤。那时，也没有箱子、提包，我们带的全是包袱，这更是检查的重点。二姐挎的包里有少量的金饰品，是母亲结婚的陪嫁。母亲趁大家都在脱衣，示意二姐把包袱放在衣服堆内。机灵的二姐立即会意。终于，这一包躲过检查，金饰得以保存下来。但是，在 18 年之后即 1966 年 9 月 2 日被曲阜师范学院的红卫兵抄家夺去！母亲自慰地说："那是侥幸保存下来的，命中该丢的还得丢！"

经过数日的颠簸，我们终于到了沈阳。见到了父亲和姐姐。在沈阳盘桓不多日，举家返回北平，那是 1948 年的春天。

二

回到北平后，仍住在去东北前的原址——西栓马桩 26 号。这大约是 1940 年后所置的房产。1942 年的初秋，我就出生在这里。

东北省亲时，北京的房产曾托付堂兄（也是父亲的养子）刘籍照看。不料，回到北京后，除了房子外，所有家具、摆设被他变卖一空，人也不知去向了。

1949 年初，北平和平解放。没动枪炮，老百姓免受战乱之苦。去东北前，父亲不愿为日本做事，就从公立大学辞职而就任私立的中国大学。1949 年初，中央对留职人员进行学习教育，父亲奉命到长春的"革命大学"学习，大姐陪父同去。学习期间父亲已接到山西大学文学院的聘书，聘任为教育学系教授，薪水定为每月 1100 斤小米。革命大学集训结束后，父亲即登程去太原赴任。按这段经历，父亲属于建国前参加革命工作，应享受离休干部待遇。由于种种原因，直到去世，父亲还是个退休干部。

在山西大学任教期间，父亲常常奔波于北京——太原之间。我那时年纪尚小，只记得父亲常提到的同事有史国雅、肖硕公等等。肖伯父家也在北京，放假时，常来我家。他说话幽默风趣，是老北京"旗人"。

三

1950 年，北京举行了一次干部招聘考试，父母均报名参加，并双双被录用。父亲被派到北京财经学院教授统计学。1953 年财经学院停办，父亲被调到财政部干部学校任教，该校主要进行职工培训。在这所学校，有一位党的领导干部李某，是从老区来的，文化程度不高，却常常自以为是。一次，他在写校名时，写了一个别字，父亲当即指出。于是，他恼羞成怒，记恨在心，经常找碴批评父亲。1956 年，地质部请求财政部支援教师，为地质事业培养人才，这位"领导"把父亲列入"支援"教师之列，调到正定地质部干部学校。

父亲在北京工作这四五年，我从小学上了中学，慢慢地懂得点事了。印象中父亲每天早出晚归，晚上还要工作，备课。精神总是疲惫的。现在想来，那时接连不断的运动、改造使他们这一代的知识分子身心备受折磨；还要不时受到批判和自我检讨等等。父亲在家总是沉默寡言，我有几分怕也很少亲近他。

父亲是民主同盟成员，每到春节，要开联谊会，各民主党派都参加。父亲带我们去政协礼堂看节目，做游戏。只有这时，才能看到父亲稍稍放松的神情。

1955 年的一天，父亲回到家，坐在椅子上，边解皮鞋带边对母亲说："我被调到正定地质部干部学校了。"母亲正在做饭，停下手问："什么时候走？"父亲说："很快。"我稍稍瞟了父亲一眼，他的表情是极不情愿又很无奈！我当时天真地想："何必为五斗米折腰。"此情此景我至今记忆犹新。

在去正定前，父亲卖掉了西城东太平街的独院，在西单南绒线胡同买了一个院子，经翻修重建，成了一个十间平房的四合院，1954 年，全家迁入，一直到父亲去世。

四

1955 年秋末，年过半百的父亲，离开了北京的一大家人，孤身来到人地两生的正定，加之秋风飒飒，断壁残垣，满目凄凉，甚是悲苦，于是，他写下一首"初至正定"的诗，现在读来，仍令人潸然。

由于干校为中专，父亲只能按最高级别聘为副教授，待遇、工资按教授定。两年后，在结构调整中，该校停办。父亲暂时回到北京，等待安排新的工作。

父亲在家赋闲约有一年多的时间，这时间是我和父亲接触较多的一段时间，那时候，母亲在北京市三十六中教书，父亲在家有时做做饭，我最爱吃他做的西餐——胡萝卜炖牛肉、苏波汤。对父亲来说，那是一段相对轻松的生活，每天看看书，写写笔记；还经常读读英语原文书籍，他说："不读慢慢就生疏了。会了的东西不能丢！"父亲这种学而时习之，孜孜不倦的学习精神，至今仍是我学习的榜样。高兴时，他在院子里踱步吟诗。晚上，还常听听京戏。一天晚上，父亲听戏睡晚了，次日一早，我在院子里生炉子，准备他起床后烧开水沏茶，父亲醒来后，隔窗看到此情此景，顿生感慨，赋小诗一首：

> 昨夜聆歌晚上床，醒来红日已当窗，
> 女儿燃柴破火炉，何必持家定有郎？

因为家中没有男孩，在传统封建思想的压力下，"无后"一直是父亲的一个心结。此刻，他似乎想通了——儿女都一样！

五

1957 年，在孔子故里——山东曲阜新建一所师范学院，正在四处网罗人才。国务院人事局推荐父亲到曲阜师范学院任教授。

1957 年正值反右运动的前期，大鸣大放，父亲是有思想深度的知识分子，经过近十年的观察、接触，从肃反、三反、五反及社会主义改造等运动中的体会与反思，他感觉到"鸣""放"是有一定危险性的，谁会那么大方地让你们提意见、批评、指责？"闻过则喜"那是君子之举，政治场上会这样平和吗？他在思考和观察。当时，大姐正在清华大学土木工程系读书，暑假不放假，要参加运动，她很少回家，回来时父亲也是再三叮咛嘱咐，要少说话，少提意见。随着运动的深入，学校在晚上开会，周日也不放假了，父亲就派我去清华看大姐，担心她年轻气盛，言多语失，还是嘱咐她只看不说。不久，大姐回来说，清华的学生也出了不少右派，严重者开除学籍，劳动教养。大姐只是落个不积极参加运动而过了关。

1958 年初，父亲在曲阜师范学院正式上课，任中文系古典文学教授。他的古汉语水平是相当高的，但当时正值反右之后，提出"教育为无产阶级政治服务，教育与生产劳动相结合"的教育方针，对古典文学如何"服务"如何"结合"的问题，父亲十分困惑。他那时教学负担很重，除了校内授课，还要去教学点的函授班上课。暑假又被抽调去参加高考阅卷的工作。寒暑假，他回到北京度假，平时，母亲也去曲阜小住。后来，他还被推选为山东省政协委员，民盟山东省委常委。并担任曲阜师院院务委员会委员。

六

1960 年，我在北京参加高考。当我收到清华大学的录取通知书时，全家大小都很高兴。父亲接过录取书，仔细阅看后，深有所感地说："因为我没当右派，没有政治问题，你才能被清华录取。"此话不假。当时的政治历史问题成了家长背负的沉重包袱，在子女的人生道路上，有着极大的影响。父亲的这番话让我感慨不已,在我接到通知书之前,他应当承受了很大的心里煎熬!我在北京师大女附中上学(现实验中学)时,有一位同学的家长是父亲熟悉的一位教授,被划为右派后,心灰意冷,自杀而亡。我的同学因此没有考上大学,只得去窦店砖瓦厂当了一名工人。

1960年9月,我带着美好的憧憬和青春的梦想,步入了大学的殿堂。

七

1960年下半年开始,经过了大炼钢铁、人民公社的高潮,经济形势开始下滑。老百姓感觉最深切的就是粮食、副食供应日益吃紧,进入了经济困难时期。

父亲在山东的工作步入了正轨。校内、外讲课,参加一些社会活动等,也很繁忙。他在深入基层给函授班学员集中授课时,亲眼目睹一些浮夸、作假的情况。比如:为虚报高产,让农民把许多麦子集中起来,将小孩子绑在麦穗上照相,表明"亩产上万斤"放了"卫星"。另一方面,在沿途看到的农民饥饿成疾,病饿而毙!面对这些情况,父亲对"三面红旗"有了不同的思考,有些诗,正是当时思想的写照。

1962年以后,形势有所好转,农村开放了自由市场,父亲写的打油诗曾有一句:"只问萝卜不问鸡"意思是鸡很贵吧!接着,政策开始松动,各地落实知识分子政策。父亲到济南参加了知识分子座谈会,政府对以前的一些过激的做法以及错误的批判进行纠正并道歉。回到学校直至退休前,父亲的工作还算顺利,在此期间,还培养了几个助教,协助他们完成教学、研究等任务。

1964年,父亲62岁了,年老多病,孤身一人在外,生活无人照料，经过再三申请，才得以告老还乡。在外地漂泊了十年的父亲，终于和家人在北京团聚了。他想在有生之年，再为教育事业做点贡献吧！

八

1966年9月2日下午，我在学校宿舍准备去吃晚饭，六妹之瑗在楼下叫我，匆匆忙忙到楼下，得知当天早上，曲阜师院红卫兵来家，抄走了不少东西和财物，将父亲带回曲阜批斗。街道对母亲也没客气，接着斗。家里已不成样子了。听到这些，真如晴天霹雳，打得我晕头转向。当时，毕竟年青，未经世事，我不假思索，骑上车就回到绒线胡同家中。推开门，屋内一片漆黑，我打开灯，看到母亲一人坐在桌前，头发被剃掉一半，成了阴阳头。立刻，悲从心中起，怒从胆边生，真想大闹一场。母亲很冷静，告诉我东西都被查抄了，钱财也抄走了，衣服、书籍在小南屋上锁并加了封条。

从母亲口中，我得知事情的经过：清晨，人们正在梦中，蛮横而急促的砸门声把家人惊醒，住在家中的二姐，起来开了大门。突然，冲进来一群身穿军服，袖戴臂章的学生，他们从屋里推出父亲，把事先带来的牌子挂在他的脖子上，称"反动学术权威"。然后，开了小型批判会，什么"美国洋奴"、"反动分子"，还提到父亲写反动诗攻击大跃进……随后，将父亲带走，说是带回学校去批斗。这伙人走后，街道居委会主任带人来又批判母亲，硬扣上"地富出身"，还振振有词地说："不是地富家庭怎么能上北京念大学？"又按着她给剃了阴阳头。真是污辱人格呀！之后，又派人去调查母亲的出身，外祖父是中医，并非地富。此后，不再提出地富出身，只说是反动分子的老婆，每天劳动改造，扫大街。

那天晚上，母亲告诉我，父亲看到外边破四旧、打砸抢，就把他的留美毕业证书和少量笔记收藏在小厕所里，我翻出来，又和母亲手上少量的金首饰一起于次日清晨送到在家休产假的四姐家中。为此，我在清华受到了严重的批评。

父亲一去杳无音讯。10 月下旬的一天，父亲突然回到了北京。为避免麻烦，他住到了四姐家中。这次，他是趁着管理上的空档，自行回来的。由于在那种非正常状态下离开，他惦记家人被牵连而受责难；家人也担心他能否经受住批斗甚至责打。见了面，彼此稍放宽心。为了使他散心，我们姐妹五人陪他去动物园一游，并留影以作纪念。几天小聚之后，父亲又不得不回了曲阜。

之琳与父亲在趵突泉合影

1967 年 12 月，父亲打来电报"痔疾复发琳速来曲"二姐到学校送来电报，我们到系里请了假。立即登程去曲阜。坐了一夜火车到兖州，换第一班早车（汽车）到了师院。当我走进父亲住的狭小的厕所改成的小屋，看见躺在床上憔悴瘦削的父亲时，难过极了。父亲见了我竟然泣不成声，抑郁在心底的痛楚顷刻迸发出来。我手足无措，不知怎样安慰他那受伤的心，只有陪他无声地啜泣。我在父亲学校的同事——陈克里老师家住了两天，到系里为父亲请了假。当时系革委会领导还和我谈了父亲所写的诗的严重性，我只能点头称是。待父亲病情减轻，我们启程回京。途经济南时，去医院看了病，在趵突泉我们父女留了影，那是父亲被批斗时期留下的少有影像。

通过交谈，才知道父亲原来有部分诗稿，由于种种原因准备丢弃。1962 年退休时，归心似箭，匆忙之中将部分手稿夹在阅后的《参考消息》中，当时的《参考消息》为内参，严格控制订阅级别，阅后要回收。父亲将这堆报纸托付给分得父亲住房的助教，曾经是他的助手×××，请他帮忙交回院办，不料，文革开始后，助教用这个"炮弹"打倒了恩师，而自己青云直上。那些诗作中，表现的是对大跃进的冒进、浮夸之风的不同看法；对打击不同意见者抒发胸臆，有感而发。1985 年中共曲阜师院党委做出结论，并经山东省纪律检查委员会批准同意，认为："将未曾发表的诗稿进行审查并做出政治结论，这本身就是错误的；诗稿的内容主要是对'左'的政策的愤激之词，构不成什么错误，因此对刘明樾教授的审查应全部否定……"

在那个特殊的环境里，我们父女相对而泣，默默无语，真实的思想不敢暴露，因为我还正年轻，父亲怕影响我的前程，而我在学校已受到划不清界限的批判，更不敢多谈政治。父亲说，他退休时回家心切，又正值曲阜连天阴雨不能出行，平时处处小心谨慎的他，却忘了报纸中夹杂的诗稿，后悔没有仔细检查。但他并不后悔写了那些诗，那是一个有良知有独立见解的知识分子的真情告白；也是他唯一抒发背井离乡、孤寂悲苦的情怀之路。

九

我应在 1966 年暑假前毕业并分配工作，文革开始后，分配一再推迟，又将原来的分配方案"造反"掉。终于到 1967 年底开始分配。我不敢奢望留在北京，在表中填了"服从分配"，于是，就到了最艰苦的革命圣地——延安。1968 年的 4 月，我离家奔赴延安。在家人送我去火车站时，父亲难过地说："是我牵连了你，被发配到了陕北。"作为父母，对远行的儿女有不舍乃人之常情，但是，当时成千上万的年轻人离开父母上山下乡，也不都是被牵连的呀！我劝解父亲也说服自己。

1970 年初，我和丈夫到曲阜去看望"牛棚"中的父亲。文革初期的暴风骤雨过后，暂时转入了常态。校内的一批"牛鬼蛇神"，每天集中早请示晚汇报，白天在校内从事体力劳动，搬运、清扫，也在校办工厂干点粗加工的活儿。父亲年迈体衰，力不从心；加之还要不时做检查，受批判，真是心力交瘁呀。在难得的见面时间里，我们都尽量避谈所受磨难。问及眼前的情况，父亲总是说：比刚回来时强多了。期间，他带我们去孔林（孔府、孔庙经文革初期劫难已关闭）看到断壁颓垣、荒芜的庙宇，父亲百感交集，说道："几千年来中华民族推崇的文化史祖，如今也被扫地出门。民族的信仰又何在呢？"我们无言以对。

二次访曲阜，我们仍住在陈克里老师家。父亲性格内向，不善交往，在曲阜师院任教期间，和外系教工很少接触；况且，多数同事认为，父亲德高望重，有学问，不在同一层次上也就不好交往。文革初期，父亲被迫回校，被编入了牛鬼蛇神劳动队。当时队长正是历史系的陈克里老师。陈老师是一个很有正义感的人。他看到父亲年事已高体弱多病，总是挑最轻的活给他干。有时被批斗后，怕父亲想不开，亲人又不在身边，就请到他家去坐坐，吃顿便饭，以安慰父亲。陈叔叔多次嘱咐我，要多陪陪父亲，安慰他。并说："只要身体好，事情总会有头绪的。""我相信刘老师是有良知的知识分子，是走得正行端的好人！"陈叔叔的老伴以及子女们都非常照顾、善待父亲，家里做点好饭菜，一定先让孩子们送过去。在那个特殊的环境里，陈叔叔一家人给了父亲无比的关爱，使他坚持下来，渡过难关。我们作为女儿，至今仍对陈家感激于心！

十

1973 年，父亲被"解放"，但仍留着政治尾巴。年届古稀的父亲带着政治上的压力和对子女的愧疚回到了北京。1979 年 4 月，曲阜师范学院落实政策，仍定为"属于政治思想上的错误。"直到 1985 年，清算极左路线，父亲的问题才得以彻底平反昭雪。但是，他已经离开了我们。

改革开放以后，父亲看到许多年轻人因文革而错过了受教育的机会，弥补这一损失，是他作为教育工作者义不容辞的责任。20 世纪 70 年代末，他拖着年迈多病的身躯，奔走申请办学的各种手续，腾出部分住房，聘请优秀的教师，开办了一所学校，为渴求知识的年轻人，开阔了一条求学之路，真不愧为一支"红烛"点亮他人，燃尽了自己。

父亲的一生——勤奋、高洁、慎思、前行。

他永远是我攀登的高峰！

之琳

2012.12.3

1971 年父母与之琳及其表弟合影

回忆·纪念

今年是爸妈诞辰 110 周年，应当写点回忆纪念的文字以弥补没能参加诞辰百年纪念活动的遗憾。因种种内因和外因，让我对父亲了解的深度和广度都很不够，现将我在不同年龄段的感受和感悟记录下来，以表达我对父母的感激和敬意！

一、从严父到慈父，晚年对孙辈而言更是慈祥的外祖父

我，1945 年出生，当时父母年龄已四十有三，我上面已有五个姐姐。对于盼望有个儿子的父亲来说，我的到来（第六个女儿），显然——"不待见"。由此在我幼小的记忆中自己一直是依偎在母亲身旁，靠的是母亲的呵护。父亲学识渊博给各位姐姐起的乳名都充满人文气息：大姐叫"亦梅"，因妈妈名字中有个"梅"字，二姐叫"天孙"，因她七夕出生牛郎织女天仙配；三姐叫"同生"属虎和父母同一属性；四姐叫"暑处"因她生日恰逢冬至，即以"日暑初兴"取名，最不济的五姐叫"玛丽"，因小时候长得像外国人，也多少沾点洋气，而到我这失望之心使雅兴渐失，便随口而说："就叫小六吧！"因小时胖，大家就叫成"胖六"，到底是知识分子家庭，很小便识文断字的姐姐们就调侃我是"月半点横点点"，这个不雅的小名使我羞于让同学知道。但现在回想起来这是父亲其时心态情感的自然流露，尽管不像姐姐们的乳

名那样寓意各异，也不失亲切、温暖。

在我幼小的心灵中父亲不苟言笑，也甚少过问我们小孩的事，因此我对父亲敬而远之，在他面前不敢乱说乱动，当然在记忆中也有温馨的一面，以至到现在也让我难忘。好像是在我六岁的时候，有天晚上我都躺在床上要睡觉了，父亲走过来坐在床对面给我讲起一个成语典故，当时我很困但不敢说更不敢睡，硬撑着不让眼皮打架，后来父亲发现了，就说："你睡吧"，我如临大赦……如此点点滴滴的小事，不经意的启发、点拨使我们智力得到开发，知识不断积累，即所谓的潜移默化吧！

物质生活上在新中国成立前后由于长期战乱，物资相当匮乏，但父母还是倾其所有为我们提供了很好的生活条件这是对我们最大的爱。

由于父亲的文人性格和社会的改造，使他的工作一直处于调动且不尽如人意，基本上是在外地和我们分居，因此我在青少年时期和他很少生活在一起，交流更谈不上，这主要是因为我"长在红旗下"，代沟和叛逆所致（这是任何时代的青少年的共性）。但是他对我的夸奖和关爱让我永远铭记。我5岁就随姐姐们上小学了，一路磕磕绊绊，虽不如姐姐们学习上都名列前茅，但聪明、反应快等好评不绝于耳，理科成绩优秀，文科却有些对不起父母的遗传。1962年我考上了北师大物理系，父亲特来信祝贺说我成了他和母亲的校友，说他感到欣慰，我真激动万分，受宠若惊。

在1963年暑假我迷上了游泳，那时住在学校，早晨一起床就扎进露天游泳池，结果生病高烧一周不退，只好回家，到第二医院检查怀疑我是大脑炎，马上让住院，五姐拿着我换下来的衣服，回家就哭了。我自己烧得迷迷糊糊躺在医院病床上，一睁眼看见父亲拿着小奶锅，里面有热气腾腾的我最爱吃的西红柿鸡蛋面，他注视着我一口气吃完，嘱咐我出汗时别再受风，第二天烧就彻底退了，后来确诊为"急性风湿热"，又转到校医院住院，父亲又到校医院看我，我真没想到我的病能惊动父亲，他老人家几次亲自到医院看我，他是喜欢我，关心我，爱护我的，在我内心中这是一次从"严父"到"慈父"的转折，他不再是拒我千里之外让我敬畏的人而是我最亲最近的人。

由于文化大革命的影响，我大学毕业被发配到寒冷的东北，生活条件极其艰苦。为了减轻我们的负担也为让外孙有较好的物质生活条件，父母虽当时均已过七旬，照顾自己还觉吃力，但他还是同意把我的儿子——融融放在北京，由他们照顾，此时的父亲不再是威严的长者而是慈祥的老人，我小时候他从来没抱过，但对融融疼爱有加，和母亲一起，照顾融融吃喝拉撒玩，特别让我们感动，有一次和融融在院中玩耍，邻居有位画家见到融融调侃"耗子大爷臭土鳖"并以此作了一幅画，父亲见状，诗性大发，立即配诗，对融融寄予厚望，后由母亲毛笔书写。孩子刚二岁时，父亲就教他念唐诗认数字，他认为融融天资聪颖，教育得当会成大器，怕学校一成不变的灌输式教育给毁了，几次提出把融融留在北京，由他来教，以便早日成材。可当时我们对教育现状没有那么深刻的认识，也不愿再加重年迈父母的负担还是把融融带回东北，去走几代人一成不变的求学之路，现在想起来父亲虽然年纪老了但思想不仅未老且超前，对中国的传统教育的弊端认识深刻，还想从自己做起，做教育改革的先锋，他在小融融身上倾注的心血，不仅使其生活上有丰富的物质"享受"（在当时条件下的"享受"），还使其在智力开发上终身受益。融融也没有辜负外祖父的期望，凭借天赋和努力从外地考到北京，一直在外企中任职，到现在也还在不断充电，提升各种能力，以适应飞速发展的社会变革。对融融来说，他会永远记住和怀念他人生道路上的启蒙老师——慈祥的外祖父。

父亲与之瑗之子小融

二、活到老，学到老，实践到老

父亲学识渊博，在中文、历史、教育、英文等多方面学术领域均有建树。但他生活在中国最动荡时期不可避免地被社会时势所左右。小时候就常听妈妈和姐姐们说，父亲断然拒绝了满洲国留学美国的经费，毅然决然地中断了留美的学业回国，多么有民族气节啊！特别体现出刚直不阿的中国文人的传统性格。解放后只会一心一意做学问的父亲不会溜须拍马，在亲临各种政治运动中，小心翼翼地生存在夹缝中，不多说，不乱动，即便如此也没逃过文化大革命的一劫，被加上许多莫须有的罪名，六十多岁的老人被批斗，强迫劳动，想起来让人心痛。上天得佑，父亲总算于1971年身心疲惫地回到北京。温暖的家庭生活使他得到了寄慰，记得1975年左右接到通知，让家人去国子监取回抄家时拿走的几书架书，其中有不少是父亲爱不释手的文人名著。我和父亲租了个小三轮把书拉回来，看到这些失而复得的书，他没有激动，也没感动，似乎麻木了。是啊，谁又能在这些无休止的而又反复无常的政治运动中不麻木呢？这也算是父亲一种自我保护吧！

晚年的父亲，虽已退休在家，仍然保持着极有规律的生活作息，早六点起床（冬天天不亮也如此）出去散步顺便买早点约一小时，然后把他的床铺书桌，写字台收拾擦抹得干干净净，七点左右就坐下来看那些永远也看不厌的各种书籍，有中文的，有英文的，有白话的，有文言的。在他看过的书上可以看到满篇的圈圈点点或在门楣上略加评语、感悟，可见其深入、认真程度。休息时就踱步吟诗。午睡过后仍重复上午的程序。父亲是以看书为乐、学习为乐，在他的枕边放着他喜爱的陆放翁诗集，浮生六记等等许多书。真是活到老，学到老。但可惜由于我的知识、认识水平（尤其是在文史上）和父亲根本不在一个层次上，也就无法交流，因此没能更深刻地理解认识父亲的学术观点和水平。

随着文化大革命结束、形势的发展，父亲感到自己有了用武之地，20世纪70年代末、80年代初，当时有不少年轻人渴望多学些知识，尤其想学会英文走出国门。据此父亲提出要办个英语补习学校，并身体力行，投入资金，办各种手续，终于以他读过的著名的吉林毓文中学的"毓文"命名，成立了补习学校，他用自己的学识，从教经验，以八十的高龄，实现了办学的理想。虽然由于各种原因，补习学校坚持的时间不长，但他这种贯穿一生的治学精神，值得我们及后辈学习！

我们将永远怀念可敬可爱的父亲！母亲！

之瑷

2012.8

1962年母亲与之瑷在绒线胡同院内

邱陶明与表哥邓光弼(邓颖超之堂侄)在吉林

不能忘

1966年9月2日天刚放亮，街门就被砸得山响。一声声吕剧特色浓厚的叫板将哆哆嗦嗦套上衣服的一家老小吆喝到院子里。门廊的台阶上，两员裹着红箍身着草绿色军装的小将四条臂膀紧紧押着一个颤巍巍的老人。老人身着破旧的白色圆领衫，浅蓝色短睡裤，只有一只脚上穿着拖鞋。头在两个小伙子吃奶劲的重压下深深地低着，头顶上不多的几根白发随着急促的呼吸飘动着。胸前挂了一块用料简陋制造粗糙的牌子，从麻绳勒进脖颈的程度来看还是很有分量的。上面用劣质墨汁歪歪扭扭地写着"美国洋奴刘明樾"。那名字还享受了打红叉的待遇。

一家人惊魂未定，茫然不知所措。但只见从小将身后转出一个黑矮汉子，不是宋江，比宋江横多了："山东曲阜师范学院毛泽东思想红卫兵现在开始对美国洋奴刘明樾进行抄家"。七八个雌雄难辨的抄家工作者兵分三路，进入北房、西房、南房(这是个三合院，没有东房)，有条不紊地认真搜检。

自从人类有家以来，被抄便是其基本功能之一。被抄不被抄不是问题，被谁抄可是大有问题。如果是奉天承运、皇帝诏曰，那便抄得伟大，抄得光荣，抄得名正言顺，抄得心安理得。然而被一群刚刚掰下煎饼卷大葱、裹上本命年大红裤衩改制的胳膊箍的无名鼠辈抄了，心中着实不爽。这绝不是势利眼，因为到了恢复名誉退还财产的时候，是大不相同的。

抄家的结果：没有找到里通外国的电台和密码，只翻出一台破旧的短波收音机，作为我姥爷刘明橄偷听敌台的罪证。还抄出了金银首饰，数量不多品种不少：一两重的金锞子两个、金戒指三枚、袁大头银元四块。这些东西我都见过，还听姥姥讲过它们的前世今生。

早在 20 世纪 40 年代末国共内战之际，共产党即将解放东北，姥爷任教的学校从沈阳内迁回北平，姥爷带两个女儿先行一步。待到姥姥携四个女儿入关寻夫时，东北已经插上了红旗。山海关俨然成了边境，设了重重哨卡。过关前姥姥她们被集中在一座大庙里听一位身着列宁装的干部训话：东北解放了，人民当家作主了。现在各位要到国统区寻亲访友，我党一律放行。不过按照上级指示，金银珠宝钻石翡翠等不得私人拥有，有携带者须自动交出。

然而自动交出者寥寥无几。其实不管自动不自动，搜身翻包都是免不了的。那时候虽然没有 X 光扫描，革命干部的敏锐嗅觉和火眼金睛可都不是吃素的。有把金溜子(手镯)金嘎子(戒指)藏在纂儿(发髻)里的，拽出来了；有把金锭银元烙在大饼里的，掰出来了；纳在鞋底里的剁开……

队伍在缩短，一大盘一大盘的金银财宝被送往后殿。姥姥她们离检查口越来越近了，怎么办?是福不是祸，是祸躲不过。姥姥把装着那几件细软的包袱递到十二岁的二女儿(也就是我妈)手里。母女交换了一个眼神，默默地随着队伍向前移动。挎着小包袱的我妈竟然一路绿灯顺利过关。

然而是祸终究躲不过。值得欣慰的是这点东西毕竟在自己手上多呆了十七八年。

那些抄家小将们最大的收获是书，十好几大箱子，古今中外无所不有，均被装车拉走。整个抄家工作进行得干净利落、有条不紊。看看大功告成，黑三郎庄严宣告：现将美国洋奴刘明橄押回山东，接受广大革命群众批判斗争。

姥爷被拽上卡车带走了。我小心翼翼地去关街门，唯恐夹了小将们的尾巴尖。谁知那门也造反了，一下子把我掀翻在地。北京市女八中的小小将到了!后面还跟着甩着一双白薯脚的街道主任。如果说山东小将是豺狼虎豹，这些胡同小小将则是一群秃鹫。每个被各自单位红卫兵抄过的家都有他们去再次打扫战场。他们更恶毒、更没有人性，他们纯粹以侮辱与虐待为乐趣。文革时许多虐杀与自杀都应归功于他们。

被山东小将们粗掠之后的家又被北京小小将细劫了一遍，一切有使用或变现价值且便于携带的东西都在劫难逃。临走时他们拿出一把破推子，连推带揪给姥姥剃了个阴阳头；同时勒令从第二天早晨开始挂上"坏分子李玉梅"的黑牌子，到街道劳改队接受监督改造(就是扫大街、扫厕所)。剃个阴阳头，挂个黑牌子，说起来轻巧；对于一个受过高等教育多年为人师表的知识分子来说，这是何等的奇耻大辱。我由衷地钦佩姥姥姥爷，他们顶下来了。

多年以后孩子们闻听此事，她们的第一反应就是"为什么"。可在当时首先想到的是下一步还会怎样。"为什么"别说不敢问，连想都不敢想。当然，万事都有一个"为什么"。只是有时候说出来的"为什么"并非真正的"为什么"。有时候"为什么"尽人皆知，明知故问是很讨嫌的，是要付出代价的。

姥爷被押赴山东后，一时音信全无。姥姥每天被监督劳动，只准老老实实不准乱说乱动。这日子大概算得上水深火热了。终于山东有信传来了：姥爷的主要罪名是"恶攻"，在一首关于大跃进的抒怀诗里把伟大领袖比做大鬼。那首诗是用毛笔写在一张旧报纸上的，那张报纸和其他报纸一起信手塞在曲阜师院宿舍的床下，那间宿舍姥爷在回北京养病时交给了自己的得意门生也就是得力助教，那位门生在准备把那些报纸拿去换俩钱花的时候发现了这首反诗，如获至宝。难能可贵的是：他并未立时发难，而是等到文革兴起，检举揭发积极表现，一举坐上了曲阜师院中文系革委会主任的宝座。

除恶攻外，崇洋媚外、偷听敌台也是一条大罪。姥爷用那台短波收音机在家里听过美国之音不假(是谁揭发的仍然是个谜)，但这怎么能算偷听呢?难道只有把收音机搬到大街上或派出所里才不算偷听吗?当然这理没地方讲去。

有"罪"就有罚，曲阜师院革委会判下来了：刘明樾属敌我矛盾按人民内部矛盾处理（解读：这明明是棵白菜我们就当萝卜吃）。

全家人感激涕零奔走相告。想当时有的人没留神用印着领袖光辉题辞的报纸包了糖炒栗子，有的人不小心用刊有领袖光辉形象的报纸当了下棋打牌的座垫，还有人一着急把登载着领袖接见外宾图片的报纸用于个人卫生，赶上天时地利人和，便按敌我矛盾处理了。人民处理敌人那是像严冬一样残酷无情的。像姥爷这样在神智清醒的状态下题写反动诗篇并且将其放置于床底下这样的情况，能够得到敌我矛盾按人民内部矛盾处理的待遇，组织上真是惩前毖后、治病救人、宽宏大量、恩同再造！我们这些半敌我半人民的子孙们还有什么理由不老老实实？还有什么理由要乱说乱动呢？教训是惨痛的，经验是宝贵的。我个人的收获便是养成了两个好习惯：一、不订不买任何报纸杂志，既安全又省钱。二、一有机会就到别人的床、沙发、柜橱底下视察视察，万一那里藏着个主任的职位呢。

姥爷按人民内部矛盾处理了。姥姥可以去山东照顾他的饮食起居。等形势又松了一扣，他被允许彻底退休，回北京家里养病了。

1976 年告诉人们没有谁能真正地万岁。文革的案一个个地翻了。用行话说，这叫把颠倒的历史再颠倒过来。

抄走的东西能找到的都退回来了。那些金银首饰只能折价退赔，没有商量。当年"自愿"交公的房子也退还了。文革初期的私房交公堪称奇迹胜景：没有人上门动员，没有人勒令设限；不知怎么着，房主们都乖乖地夹着房契奔了房管局，房子交公的队排得比买嗝窝鸡蛋的还长。攥着房契就是有产阶级，交了房契，虽然不能立马就变无产阶级(还要经过长时间痛苦的思想改造)，但起码算是积极表现，被抄被打的概率自然相对降低。

塞翁失马安知非福。这房子不退还则罢了，这一退让姥爷晚年不得安宁，乃至折损寿命。

姥爷大学上的就是师范。赴美留学在斯坦福学的也是教育，前前后后又教了四十来年的书。姥爷常说：开了旅店就不愁没有客人，可是要等客人来了再现开旅店就来不及了。人生也是一样。受教育长本事，自然会有机遇；但如果等机遇来了，再去学本事，晚了。姥爷认为：好的教育是教本事，不是训奴才。姥爷的梦想就是自己办一所真正教本事的学校。文革过后当局开始提倡"科教兴国"，姥爷觉得办学的时机来了。有机会还要有条件。姥爷虽然上了年纪，身体欠佳，登堂上大课可能有困难，但小班教学、个别辅导自以为还是力所能及的。更何况家里的第二代、第三代都是读书之人，师资应该不成问题。办学要有场所，姥爷打算把这退还的住宅改成校舍。

姥姥姥爷的房子是一所三合院。院子的东边是一座三层楼房，早年是亚细亚电料行。当年从一家煤铺手里买过这块宅基改建住房时，姥爷决定把北屋靠东的两间建成铺面房，临街开门，以便将来办学校办实业。铺面房建成，姥爷被调到山东，办学之事也就延宕下来了。1958年大跃进号角震天响，街道妇女要办服务站，看上了这两间铺面房便要租用。大跃进谁敢不支持？这一租就是肉包子打狗一去不回了。

如今房子的产权是退回来了，可里面还住着人呢。当年房子交了公，公家就要安排。除了西房和北房的一半自住外，其他都派了用场。首先服务站搞合并搬走了，换来一个住家，是旗人，姓官。姥爷留的

铺面被彻底堵上了。两开间的大南屋搬进来一家姓孙的工人。角落里
的小南屋，因光线被亚细亚楼房遮挡，终日阴暗，住户走马灯似地换
了好几拨。

1960 年父母与马磊在曲阜，照片背面父亲亲书'含饴情深'

1968 年之琳、之瑗与外甥们中间为马磊

这些住户并不满足已有的住房面积，千方百计地进行扩张。西南角小跨院本来长着一棵郁郁葱葱的木槿，夏天开满了粉红色的花朵。生生被南屋的老孙、小孙们开水加药渣子摧残致死。他们转身买通房管员，就地盖起了一间大耳房。小南屋往前接出一块，算是厨房兼起居室。旗人也不甘落后。借地震之东风在亚细亚楼房墙根搭起了临时改永久的"抗震棚"。

面对这三家分晋的局面，姥爷收复失地的任务是十分艰巨的。房子交出去的时候干脆利落；还回来则是缓慢的、有条件的、心不甘、情不愿的。落实房屋政策的文件里有这样一些规定：

第一：退还房屋不得随意买卖。理由是国家在房源十分紧张的情况下退还私有房屋，房主要卖房只能卖给国家，一口价五百块钱一间。

第二：文革中被挤占的房屋应腾空退还。但住户所需房屋要由住户所在单位提供。

第三：文革以前入住的房户不在腾退之列。

具体落实到姥爷的房子，形势很不乐观。只有小南屋的住户迫不及待地要到房子搬了出去。大南屋的孙家口口声声工厂没房，他们无处可搬。铺面的旗人算是与服务站换房，而服务站又是文革以前迁入的，按规定不在腾退之列。

姥爷不信这个邪，既然房子产权退给我了，我就可以让他们搬家。他分别把那两家当家的找来，要他们找房搬家。

得到的回答是：你给我找房我就搬。

姥爷怒道：我凭什么给你找房。

那两人无动于衷：我们自己找不着。

你不会去找单位要房？

单位要有房给我，我早不在你这儿住了。

不管怎么着你得搬家。这房我另有用处。

我反正没办法。有能耐你把我扔大街上去。

谈判不欢而散，从此院子里开始了冷战。孙家老太太时不时在外面打鸡骂狗，姓官的也会抽冷子跳出来指桑骂槐。

姥爷又派女儿去两家的单位交涉。孙家男人在永定门外一家什么机械厂工作。接待人还算客气。车轱辘话说了许多，总之一个意思：落实房屋政策我们没有意见，只是现在厂里有困难，一时拿不出房来。等一旦有了房子一定优先解决。至于什么时候有房子，实在说不好。官家两口子都是街道办的工艺美术工厂的退休职工。那厂长是个滚刀肉，三言两语就要送客：你找我没用。还别说他们这房不在腾退之列，就算需要腾退，你提四两棉花各处访访，哪家街道办的厂子有房子分给职工？

一轮钉子碰下来，姥爷心里上火。名义上房子是退给我了，可我压根支配不了又有什么意义呢?姥爷把自己的远房外甥(我称二舅)找来商量。二舅不愧智多星：这房子咱们当然得要回来，可这不是一天两天的事。我知道您急着办学，咱们为什么不两条腿走路呢?一边要房子，一边先把学办起来。教室?到外边租呀。您想，就算您把这院的房子都要回来了，又能装多少学生?再说还有桌椅板凳您都得张罗。现在咱们马路对过的小学搞创收，晚上出租教室，什么都是现成的。

姥爷大喜，说干就干。新学校以姥爷早年在吉林上过的私立中学命名，一块"毓文学校"的隶书牌匾很快就在大门外头挂起来了。姥爷亲任校长，教务长自然非二舅莫属。最先开设的是外语课程。二舅的一位朋友搞了一套日语教材，据说十分成功。名号往外一亮，学生肯定趋之若鹜。英语课也是一定要开的。姥爷本打算亲自任教，然而毕竟上了年纪力不从心。这时门口挂的那块牌子起了作用，一位老太太上门自荐。她说早年曾在民国政府外务部做过翻译，后来在大学中学里教英语多年。姥爷略加询问，感觉不错，英语教师这就算有了。

很快，毓文学校的招生广告就在日报、晚报上登出来了。一时间家里门庭若市，报名的、问讯的。姥爷、二舅忙得不亦乐乎。那套日语教材果然颇有号召力，第一期就招了五六十人。分两班上课。英语班由于教材迟迟没有选定，加之宣传不利，拢共招到十几个人，开班大概得不偿失。姥爷坚持按时开课，即便赔钱也要打响这一炮。

学校开课在即，二舅又请来一位贵人：当时北京分管文教的副市长。副市长对姥爷老当益壮热心民办教育的壮举大加赞赏，指出要实现四化，教育的作用极为重大。当下国家的财力物力有限，需要民办教育登台唱戏，为四化培养人才。有什么问题，遇到什么困难，政府会尽力帮助解决。姥爷自然不失时机把房子问题反映给了副市长。副市长很重视，让秘书记了下来。

副市长说句话就是不一样。没过多久，消息传来：机械厂给孙家分了房，南屋应该很快就能腾出来了。姥爷很高兴，可是左等右等不见孙家有搬家的动静。姥爷派人去打听，打听得孙家工厂那边的房子已经占上了，而这边就是不搬。孙家女人在附近的商场卖肉，从这儿上下班方便。这分明是无赖行径!姥爷忍无可忍了，直接找上门去要他们搬走。那姓孙的仍是一副流氓嘴脸。言来语去，便有了肢体冲突，那姓孙的(四十来岁)竟然对八旬老人大打出手。打完之后又跑到医院弄了一张创伤证明，他倒成了受害者。

姥爷气火攻心，病倒了。福无双至祸不单行，本来十分红火的学校也出问题了。那教日语的老师觉得分红太少，带着教材另觅高枝了。新老师能找到，可学生又招不来了。无奈日语班停办了。英语班也很快步其后尘。那老师的水平与原来的自我介绍颇有些差距，加上年龄大了精力有限，上课基本上是念课本。学生们很不满意，提了几次意见无效，有的干脆不来了，有的提出退学费。钱自然是没的可退，但这英语班也寿终正寝了。眼看学校就剩下一块牌子了，姥爷急呀，在病榻上不断嘱咐二舅要把学校办下去。

不觉又到了九月。姥爷的病体日益沉重，医生也束手无策。家里人排了班，轮流在床前照顾。这一天是我照顾，姥爷突然从昏睡中醒来对我说：今天是 9 月 2 号，当年红卫兵就是这一天来抄的家……

姥爷去了，带着遗憾，带着屈辱，带着愤怒，带着困惑。理总是要讲的，今生不行，就待来世。

马磊（之珉的大儿子）

2013.1

我们的母亲——李玉梅

母亲 1902 年出生于吉林市。外祖父是当地颇有名气的中医师，家庭环境不错。外祖母有满族血统，育有四女一子，母亲是第三女。由于外祖父思想开通，无论儿女都送到学校读书，其中最喜欢读书也读得最好的就是母亲。

母亲读完吉林女子师范学校（相当于高中，是当时吉林的最高学府）就做了小学教师，由于工作出色升任了学校的教导主任，但是她有更高远的目标，到北京上大学。几年后，她考取了北京女子师范大学中文系，圆了她的大学梦。在那个年代一个女人能靠自己从吉林到北京来读大学，实属凤毛麟角，靠的是她坚定的意志和勇气。

我小时候，常听她讲女师大时的老师和同学。老师中有鲁迅，鲁迅口才很好，语言犀利，每当鲁迅讲课，总是座无虚席，不仅大教室里坐满站满了人，连窗台上都"挂"着人，周末她到北京同学家里做客，一起看戏（京剧）。当时北京的京剧舞台主要是四大名旦，四大须生。她喜欢看他们的戏，也因此喜欢上了京剧，当然这也和她学中文有关。

就在母亲读大学时，她和父亲的爱情关系也慢慢地发展起来，对年轻的她来说这无疑是最大的幸福。

母亲性格开朗、坚强、刚毅，做事果断，对人热忱喜欢助人。她把有困难的朋友接到家中来住，在我孩提时印象很深。依母亲的性格为人和她自己的努力，应该是有所作为的，可惜她生不逢时，我们这些孩子又拖累了她。

由于父亲工作忙，母亲对我们的教育和影响比较大。给我印象最深的就是，她要求我们自立、自强，一切都要靠自己去努力，不要依靠别人。她说："特别是女人，要靠自己，不能一切都靠丈夫。女人和男人一样，只要有恒心毅力没有做不成的事。"我们在几岁时，她就教我们背诵"木兰辞"，以花木兰勇敢坚强的性格教育我们。她一直身体力行，坚持自立。特别是晚年，已到九十高龄，生活全部自理，不要别人帮助。有时我甚至觉得她有些"逞能"。

女师大毕业后，母亲曾先后在顺德（今承德）女中、北京师大女附中等校做语文教师。日本占领北京后，就不工作了，1949 年北京解放，共产党宣传男女平等，婚姻自由，这些都和她的思想一致，她当时很赞赏新政府。那时最小的妹妹之瑗也快上小学了，她决定再度参加工作。她读书并不是想做一名有知识的家庭主妇，而是想尽自己的一份力量，用所学的知识，为社会创造价值。1950 年她和父亲一道参加了国家的知识分子招聘考试并双双被录取。她做了北京第三十六中学的历史教师。

1949 年后，国内开展了各项政治运动。肃清反革命分子，她说确实整治了坏人，但对错杀的好人她不赞成。对农村百分之百的斗争地主有看法，她对我说过，不是每个地主都与租他们地的农民为敌。"三反、五反"她赞同，她很清楚，国民党政府就是贪腐至极而败到了台湾。对这一系列的政治运动，她不只是看政府怎么说，还看怎么做。

反"右"斗争后，她感到知识分子处境窘迫，加之年事已高，1961年便毅然决然地提出退职。从此就在家里，帮助父亲并教育女儿和孙辈。

在她的一生中，有两次家庭生活最困难的时候。第一次是日本占领北平以后，父亲在私立中国大学教书，工资低，再加上日本人掠夺，粮食又少又贵，家庭生活每况愈下。母亲在吃和用上总是先考虑父亲和我们姐妹，有时候菜少了，母亲就只喝些菜汤。一家人的吃穿，都是她一人操劳，经常为我们缝补衣服到深夜。有时候我陪着她，听她给我讲故事，听着听着我就睡着了。第二次是"大跃进"带来了三年困难时期。那时我已大学毕业工作了，还在唐山铁道学院进修。假期也回到家里，二妹中专毕业后，在铁路医院工作，下面的妹妹们都在读书，也都正是长身体的时候。母亲说，现在大家都吃不饱，商店里也买不到东西，我们也只有自己想办法。我每次放假回家，她总尽量做些我喜欢吃的饭菜，给我改善一下，回唐山时，还把她排队买来的糕点让我带上。对妹妹们更是如此，粮食少就用菜来代替。母亲本来就食量小，这时就吃得更少，尽量让孩子们吃，以致她自己腿和脸都浮肿了。

1966 年 9 月 2 日（文化大革命时期），父亲被曲阜师范学院红卫兵带走后，我怕母亲受打击太大，第二天就把她接到我家。母亲住城市中心，我住在城东南角，相距很远。到我家几个小时后，我们学校就通知我，让我把母亲送回去。可见当时红卫兵的信息和行动何等"神速"。母亲回去之后，受尽了污辱和欺凌：剃阴阳头、跪搓板、扫街……父亲的生命未卜，她仅有的一点从娘家带的首饰，几经周折，这次也被红卫兵全部掠夺而去。每天大家都如惊弓之鸟。但她以想得开的心境面对一切，我们去看她感到心里很难过，她反而安慰我们。

母亲的大外孙马磊，是二妹之珉的大儿子。由于二妹在医院工作很忙碌，马磊从 1958 年出生就跟着外婆。一直到文化大革命一九六六年九月二日我家被抄家以后，他才回到自己家。马磊很聪明，外公外婆都喜欢他。在他三岁时，外婆就教他背诵唐诗，在他上小学以前，他的中文和数学水平都超过一般的孩子。他学习顺利，总是名列前茅，最后他在北京大学西语系毕业并读完了硕士学位，又到美国学习。现在在美国德克萨斯州的达拉斯工作。

母亲的大外孙女唐奇志是我的大女儿，一九六五年出生。因为我先生当时在北京的密云县工作，两周才回来一次，母亲就主动来帮助我。母亲自从离职后，我们姐妹的家庭，哪个有困难，她都努力去帮助，我们最小的六妹之瑗，1973 年生她的大儿子邱榕（小名融融）时，母亲已过 70 岁，因为六妹在吉林工作，天气很冷，母亲就把六妹接到北京家里坐月子。

当我的大女儿唐奇志快上小学时，她的妹妹唐音出生了。母亲就把唐奇志接到家读小学，并主动辅导她。奇志也是在外婆影响下长大的。她在国内读了小学、中学和协和医学院五年基础课后，就到美国读硕士博士。现在在加州大学旧金山分院（UCSF）外科领导器官移植实验室，是一名免疫学教授。现在她不但常常说起外婆当年怎么说，她还一直保留着外婆送给她的、上面有外婆手迹的唐诗选集。

马磊、唐奇志，这两个第三代受外婆影响最大，其他外孙辈也都和外婆很亲，因为五妹、六妹长期在西安、洛阳工作，她们的女儿、儿子到北京也都住外婆家，有时外婆也去西安洛阳和他们相聚。我的小女儿唐音把外婆给我的信都拿去了，作为对外婆的纪念。

母亲身体不错，平是很少看病吃药。吃药是母亲最不喜欢的事。她骨质疏松，在八十多岁时，驼背渐渐发展成龟背，人明显变矮。我们劝她吃钙片，她也不按时吃。实际上当时就是按时吃，也不会对她的骨质起多大作用了。那时她每天仍然坚持锻炼——走路，她经常从月坛北街到西单菜市场，往返步行。有一天，我去看她，正好她刚从西单走回来，坐在床上，脸色红润，我认为她身体真不错，那时父亲去世后，她已是八十多岁了。走路还很快。

母亲就一直一个人生活，我们劝她请个保姆帮忙，她也不要，她将近九十岁时，两个外孙马磊、邹岩（三妹之珞的大儿子，现在加拿大工作）结婚后，先后陪她住过，她还经常给外孙们做饭，最后，她最喜欢的女儿——五妹之琳从西安调回北京工作，一直陪她生活，她到九十四岁时因骨质疏松的发展，一次在她，站起来时，右髋骨头（大腿根部）断裂。至此，她就不能活动了。在床上躺了一年多，最后因肺炎去世，享年九十五岁。

母亲的一生自强不息，是我们姐妹的榜样。

之珩

2013.5

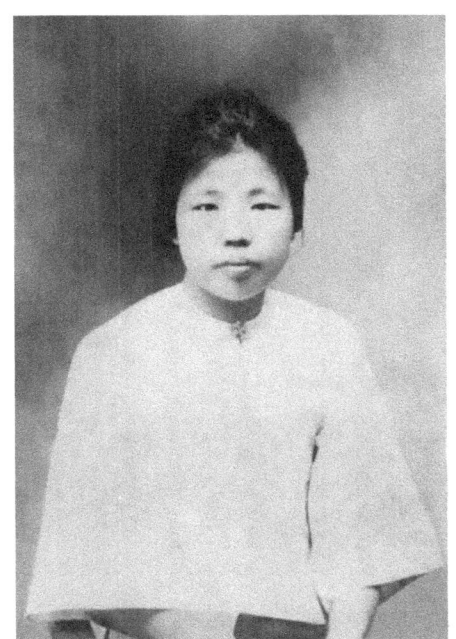

1920 年前后的母亲

20 世纪 20 年代后期的母亲

母亲和同学

1962 年母亲与之琳

1951 年母亲与在京的吉林女师同学合影

1968 年母亲与姐妹 6 人，前左为邬岩

二妹之珉

二妹生于 1936 年七夕（农历七月初七），父母给她取乳名"天孙"，意寓"织女星"。在我们六姐妹中，虽有善良、知性的共性，但二妹最聪明、开朗且人际关系好。在她还是小姑娘的时候，就能机警地躲过军管人员的盘查，保住了家中仅有的几件金首饰，成为全家人的美谈，大人们都称赞她，这让我非常羡慕。

我们成长读书的年代，战局混乱，学习屡屡被中断。1950 年只有 14 岁的她，就已初中毕业，考虑到姐妹多，经济压力大，她就自己决定读中专。由于自幼体力弱，父母建议她学医，随即如愿考上了哈尔滨铁路医士学校。小小年纪，离开了温暖的家和北京，勇敢地走上了社会。18 岁毕业，被分配到包头铁路医院，后调入北京铁路总医院。

1977 年父母与之珉、之瑷等合影

虽然初为医士，但她努力上进，带职进修，克服了工作忙、孩子小等困难，完成大学本科学业，升为医师。这在20世纪五六十年代还是少有的。她的患者和同事都对她称赞有加；同时，她对父母和家人的身体和保健关怀备至。那段时间，特别值得怀念！

天有不测风云，正当事业蒸蒸日上，家庭和和美美，孩子茁壮成长之时，她患了乳腺癌。手术后，经化疗、放疗，身体恢复如初，又投身于紧张的工作中。不到一年，就出现了高烧、头晕、头疼、呕吐等症状，替她医治的医院，错误地将粟粒性结核诊断为乳癌脑转移，采用了完全相反的治疗手段，导致各脏器官衰竭，离开了人世。年仅44岁。父母老年丧子，我们失去了至亲至爱的姐妹，全家陷入了无限悲痛之中。然而，令人气愤的是，院方领导蛮横无理，以官压民，拒不认错。明显的医疗事故，偷偷做了尸检，并严密封锁消息。纸里包不住火，之珉的好友，同事为之不平，告诉了家属。我和妹夫到铁道部国务院上访，向报社媒体反映，怎奈投告无门！这时，我想起了表哥——大姨的儿子邓光弼，他是周恩来夫人邓颖超的堂侄。父母都是知识分子，自恃清高，平时很少与政府高官往来，表哥在长春工作，和我家很亲，小妹之瑗文革中分配到吉林工作，他一家照顾有加。我写信请他帮忙，将该医院误诊治死本院医生，又态度蛮横，拒不认错如实告之，并请其转送有关部门，讨回公道！此信由六妹到长春交给表哥，表哥写了一封信给堂姑，随后，邓办找了医院领导，他们被迫承认了错误。然而，一切都已无法挽回。只有以她两个儿子的优异成绩，告慰在天之灵！

二妹在包头铁路医院工作时，结识了她的校友、后来成为了终身伴侣的马万禄，他年轻有为，勤奋上进，毕业不久就成为最年轻的处长，为了追求知识，继续深造，1957年，考试进入了北京大学生物物理系。毕业后到中国科学院生物物理研究所工作，科研成果丰硕。由于长期超负荷地工作，积劳成疾，两次脑出血，不到 70 岁，也撒手人寰。

父母的关照以及他们优秀基因的遗传，二妹的两个儿子睿智、能干、事业有成，现在都已步入中年。大儿子马磊从小在外祖母家长大，北大毕业后，赴美留学，现在已在美国定居。他对姥姥、姥爷以及母亲感情至深。此番出版纪念书刊，他代表第三代写了纪念文章。二儿子现在在北京工作。二妹的孙辈，不论在美国还是在中国的都在健康成长，前途不可限量。这是最令人欣慰的。

之珩

2013.6

1968 年父母与之珉一家及之琳

1966 年 10 月父亲回京 与 5 姐妹在动物园合影

1973 年父亲回京前与王锡昌、陈克礼老师合影

1973年春节在绒线胡同全家合影

1971年父母在颐和园

1968 年春节，父亲没能回京团聚

1984 年父亲葬礼上曲阜师院领导致悼词

1973 年父亲与王锡昌、陈克礼两位老师

1965 年父亲证件照

1970 年父亲证件照

第二章　学海浮沤

　　树木的生长要有根、枝干和果实；人才的生长也照样要有根、枝干和果实。学校教育的主要功能就是培养人才的根，发展他们的枝干，使他们开花结果。那么，什么是人才教育的根呢？什么又是人才教育的枝干和果实呢？

教育论文——教育的根本

古语说"十年树木，百年树人"。它把树木和树人相提并论，意思是培植人才和培植树木有相似之处。树木的生长要有根、枝干和果实；人才的生长也照样要有根、枝干和果实。学校教育的主要功能就是培养人才的根，发展他们的枝干，使他们开花结果。那么，什么是人才教育的根呢？什么又是人才教育的枝干和果实呢？我以为，人才教育的根是智力；人才教育的枝干是学习，并且要辅以教导；人才教育的果实是学习成绩和事业的成就。我在这一篇报告中，仅仅要谈一谈人才教育的根，也就是智力。其他两项，有关人才教育的枝干——学习和教导；和人才教育的果实——学业成绩和事功，留到以后再谈。

什么是智力（intelligence）?说法很多，有人说智力是学习的能力；有人说智力是适应的能力；也有人说智力是竞争的能力。但无论怎么说，大家都认为智力是天生的，是生来就具有的，是由父母遗传而来的。从教育的角度来看，我们不妨把智力看作是天生的学习能力。每个人能接受多少教育？能发展成为一个什么样的人才？在学业上能有多大的成就？主要要看他的智力。智力相当高，再加上勤奋努力，敢于攀登高峰，学业有成就的可能。如果天生的智力虽然不高，但是自己很发愤图强，真能做到"人能之已百之；人十能之已千之"，这样，也能有所成就，但费力之大小，那就不可同语了。

如果天生的智力低下，自己又不肯努力，那他就不可能在学业上有成就，一生的发展也有一定的限度，也只好在社会的底层，过一个平庸的生活而已。如果智力低到极点，心理学上称之为"白痴"（feeble-minded）的人，那他只能是社会上的一种负担，借助社会的帮助生活下去。如果经过特殊教育，使他能够独立生活，那就很理想了。

因此，对于一个人的教育设计，首先要了解他的智力，然后才断定教育能对他发挥多大作用？不然的话，对于智力高的儿童，不能使他得到充分的发展；对于智力低的儿童，纵然费了九牛二虎之力，也达不到希望的标准，这都是浪费；浪费多了，教育的效果等于零，社会的发展，国家的强盛都受到影响，是极为不利的。教育工作者常常有句名言，警告说："你不要污损了金刚石，磨明了砖块"。因为这是极大的浪费。

智力既然是教育的根，办教育的人首先要找到这个根，了解这个根。古人说"为高必因丘陵，为下必因川泽"有所凭借，事半可以攻倍。我们指导教育也必须凭借智力这个根，才可完成教育的目标，为国家多出人才，快出人才。

有些人不相信有天生的才能，不相信智力上有差异。他们认为一个人学习的好坏，造诣的深浅，甚至一生事业成就的大小，统统地是后天环境造成的，是一个人努力与否的结果，是教育的效能。这种看法是片面的，是不客观的，也是不科学的。无可讳言，教育的影响是很大的，但教育要发挥最大的作用，必须建立在一个坚强的基础上。这个基础，就是前面所说的"教育的根本"——智力。没有智力这个基础，教育工程就像在沙土上建立楼阁，不会高耸入云，也不会坚如磐石的，所谓"无基而厚墉，虽高必颠"，这是必然的。我们从来没有见到，也没有听到一个天生的低能儿童能够在学术上有多大成就，在事业上有多大建树的。

天生才能的差异是不可否认的客观事实。"夫物之不齐，物之情也。"（孟子语）同是植物，有的长成参天大树，有的却是灌木丛林；有的"芳草如茵"有的却"蓬蒿没径"。同是小麦，有的能抗旱耐寒，有的却穗大粒多，有的早熟，有的晚收。差异是很大的。就动物言也是这样，虎凶猛善搏斗，称为兽中王；鹿机警善奔跑，借以逃避危险，猿猴善攀援，鼠类能掘洞。亦各有特殊能力。拿人的躯体来说吧！有人身高，有人体胖，有人"明察秋毫"，有人"不见与薪"，有人跑得快，有人跳得高，同具五官百骸，同是圆颅方趾，而差异是如此之大。生理情况如此，心理情况也是如此，有人记忆力强，能过目成诵；有人理解力快，如红炉点雪；有人"闻一以知十"，有人却"举一隅不与三隅反"，这种精神上的差异，智力上的不同，说起来也就不足为奇了。

造成生理和心理的差异，原因何在？智力为什么有高低之分？原因在哪里？近世生物学和心理学的研究结果认为是天生的，遗传而来的，是父母的生殖细胞决定的。近来研究的"遗传工程学"，其中讲述的"遗传密码"是可由实验证明的。据说，遗传是由生殖细胞中的"脱养核糖核酸"（DNA）形成的，1953 年，科学家已经认识到这种事实，到 1960 年已经编成一种"密码字典"了。古语说"种瓜得瓜，种豆得豆"是丝毫不爽的！有关智力的遗传，心理学家作过许多研究和实验，结果是一致的。下面引述智力遗传研究的两种主要方法，一种是家族历史研究法（Familiy history），另一种是相关系数法（Correlation method），兹简介之如下：

① 家族历史研究法——这种方法是把某一家族的所有成员在某一特质方面作详细的研究，如果这一特质在许多辈数中重复出现，它的遗传可能性是很大的。相反，如果某一特质不是在家族的所有成员中出现，或在几代中时隐时现，它的遗传可能性就比较小。所研究的特质，有的是属于生理的，有的是属于心理的，特别是有关智力的，后者当然是我们所最关切的。研究向来分为两方面，一方面是研究低能者（feebleminded）的家族史，另一方面则是研究天才者（superior intelligence）的家族史。我们首先叙述一下低能者的家族史。这个研究是美国心理学家高戴德（goddard）在 1914 年做出的，被研究的家族叫

做凯里凯克（kallikak），他的报告是这样的：

"马丁·觊里凯克是美国独立战争时一个青年士兵，在一个旅舍里他遇到一个低能的娼妓，经过一次非法的结合后，产生了一个低能的男孩。由这一"缪种"追踪到 1912 年，查出直系后裔 480 人，这四百多人中有：

36 人是私生子，33 人乱搞男女关系，24 人是确认的酗酒犯（当时美国酗酒是犯法的）．8 人开设暗娼馆子。

这些不正当甚至是不道德的行为得到了一个正确的解释，那就是在这 480 人中有 143 人是肯定无疑的低能者，其余人的智力情况也都是有问题的。

几年后，战争结束了，这个马丁·凯里凯克复员回乡了，他又和一个良家淑女结了婚，到 1912 年可以查出由这一正当结合而生的直系子女 496 人，共中没有一个私生子，没有一个性关系败坏的妇女，唯一的一个男人在男女关系有些不严肃，没有罪犯，没有开设妓馆者，只有两人饮酒无量。这又一次说明智力是关系重要的，因为在这一支家族里没有一个低能者，所有的人都从事正当职业，有的是医生、有的做律师，有的是教员、法官、商人和农场主。

其次，我们再谈一谈对天才者家族历史的研究。最著名的要算英国 19 世纪两位大科学家的家族历史了。这两位大科学家是达尔文(Charles Darwin)和高尔顿（FranCis Galton），他们二人是表兄弟。达尔文我们都知道是最有名的生物学家，是"进化论"的创始人。高尔顿是最有名的心理学家，是"优生学"（Eugenics）的创始者。他生平钻研科学十余种，各种都有成果。他和达尔文在学术上的成就，绝不是偶合的。研究一下他们的家族历史，天才的遗传是很明显的。

在中国，如果做家族历史的研究，也可以发现相同的事实。三国时期的"三曹"——曹操、曹丕、曹植。晋朝初年的"二陆"——陆机、陆云。又以书法著名的王氏父子——王羲之、王献之。宋朝的三苏——苏洵、苏轼、苏辙父子，又宋郊、宋祁两兄弟。明朝的"公安三袁"——袁宗道、袁宏道、袁中道兄弟。这些父子兄弟都能在文学艺术方面，名垂宇宙，百世宗仰，若不是遗传的天才所致，将无法解释了。我们的上一辈著名的人物——鲁迅三弟兄——周树人、周作人、周建人，也是一则明显的例证。鲁迅先生不用说了，是革命文艺的旗手。周作人虽然在政治上有很大的污点，但文学造诣很高，是不能否认的，周建人是著名的生物学家、国务活动家。

② 相关系数法——这种研究方法是就血统关系来研究在某一特质上的相似与否。如果某一特质是遗传的，血统愈近的人，相似的程度应该愈大。反之，则不如是。相似的程度以相关系数表示之。完全相关的系数是一，完全无关的系数是 0，在一和 0 之间，分布着不同程度的相似。英国心理学家皮尔生（Pearson）就某一些心理特质，在兄弟姐妹间得出相关系数如下表：

特质	兄弟间	姐妹间	兄弟姐妹综合
愉快活泼	47	43	49
固执已见	53	44	52
内向省察	59	47	63
博人喜欢	50	57	49
忠诚老实	51	41	61
脾气秉性	51	49	51
精明能干	46	47	44

在这些心理特质上，相关系数虽不算高，但都是正相关，这表明在兄第姐妹间，曲遗传而得到的相似之处。

用智力测验所得结果，在许多心理学者的研究中证明血统关系愈近，相关程度愈高，相关系数如下表——

同胞双生 ·············· 90	**注:** 首先用智力检测表,求得
所有双生子 ·············· 75	智力商数(IQ),再就这
异胎双生 ·············· 70	些智商求相关系数(R)。
兄弟姐妹 ·············· 50	
表(堂)兄弟姐妹 ·············· 20	
无关系的路人 ·············· 00	

　　上表所示,智力(intelligence)这一天生能力,血统愈近,相关系数愈高,至毫无血统关系的路人,则系数等于(o)。这有力地证明了智力的高低是遗传而来的。

　　根据许多心理学家的研究,积累的材料证明人类的心理特质(例如智力)和生理特质(如肤色)一样都是由遗传而来的,环境的影响不是像通常想的那样大,儿童在天生的才能(智力)方面不是平等的,有高有低,这个情况取决于祖先,环境只能创造条件使天生的才能得到充分发展的机会,它不能给儿童创造或增加新能力。教育的能事只是要测定儿童天生的能力,根据测定的结果,安排环境,使他(她)们有机会把由遗传得来的能力发展到顶点,如是而已。

　　诚然,天生的才能(智力)高,是很幸运的。但是即使天生的才能不高,也不要灰心丧气,事在人为,如果环境安排得妥当,加上自己的努力,成功也是有把握的。教育就在这里发挥作用。天生的才能,可恃也不可恃,只是看你怎样利用它。它虽然是教育的根本,但怎样利用这个根本,乃是成功的关键。这样的例子很多。寓言中的"龟兔竞走"就可说明这样的事实。兔子跑得快,得天独厚,在和龟的竞赛中,当然是操胜算的。但它不利用这个好的根本,这个天赋的能力,不肯发奋努力,终归失败。龟虽然行动迟缓,天生的根底很薄,但它很努力,孜孜不息,乃获全胜。所以天生的才能不尽可恃,原因也就在此。再举一个实际的例子,宋朝大政治家和文学家王安石有一篇文章,题目是《伤仲永》。文

103

中记述一个姓方名仲永的天赋很强的孩子，说他五岁就能作诗，"传一乡秀才观之，自是指物作诗立就，其文理皆有可观者，邑人奇之。"但他父亲拿他炫耀，"日板仲永环谒于邑人，不使学。"其后王安石再见到他时，年岁已长，令作诗，不能称前时之闻"，又七年，荆公还自扬州，复到舅家问焉，曰："泯然众人矣"。这事说明方仲永虽有天生的才能，智力很高，但后天的教育跟不上，使他的才能没有充分发展的机会，最终遂至"泯然无闻"了。王安石评论道："今夫不受之天，固众人；又不受之人，得为众人而已耶？"

古往今来，有许多著名的学者总结经验，都认为天才和教育必须相辅进行，方能有所成就，偏重一方是不行的。有了天赋才能，还必须勤苦努力，不然，还是一事无成。所以有人说："勤奋就是天才"，也就是天才必须勤奋，不畏艰苦，不尚虚华，才能有所成就。这里引证几段名言来证实这一事实：

① 古代埃及的大几何学家尤克利德(Euclid)对从他学习几何学的埃及国王说："学习几何是无有皇家之路的"。意思是说，无论谁来学几何，都须付出艰苦的劳动，国王也不能例外。国王学习任何科学，也和普通人一样，须经过一段艰苦的努力，方能学得，对国王也没有捷径可寻的。

② 歌德(Goethe)："天才就是忍受痛苦的能力"，不受痛苦是学不到东西的。

③ 美国大发明家艾迪生(T'homas Edison)说，在科学发明上"成功的获得是二分灵感，九十八分汗水"(2%Inspiration　98%Perspiration)。

④ 俄国大文豪高尔基(Gorky)说："天才就是劳动。人的天赋就像火花，它既能熄灭，也可能燃烧起来，而使它成为熊熊烈火的方法，只有一个，那就是劳动，再劳动"。

⑤ 马克思（Karl Max）说："只有不畏艰险，敢于攀登的人，才能达到科学的顶峰"。

从上面所引的名言，可以看出：天才的成就是由智力（天赋）和勤奋（教育和学习）合并而成的。光有天才，不必高兴，必须经过勤苦学习，方有成就，天分不高，不必气馁，经过一番艰苦奋斗，也可能取得相应的成就。宋初有个学者，名叫邢。他曾经把人的天生才能分为九等。他说，"人之才识，凡有九等：谓上上，上中、上下、中上、中中、中下、下上、下中、下下也。上上则圣人也，下下则愚人也，皆不可移也。其上中以下，下上中以上，是皆可教之人也。"这种分法，虽偏于天生才能，且为主观臆断，无实验根据，然也有些暗合于现代心理学有关智力分配的情形。我把这种分法推开些，包括智力和教育两项，也列为九等如下；

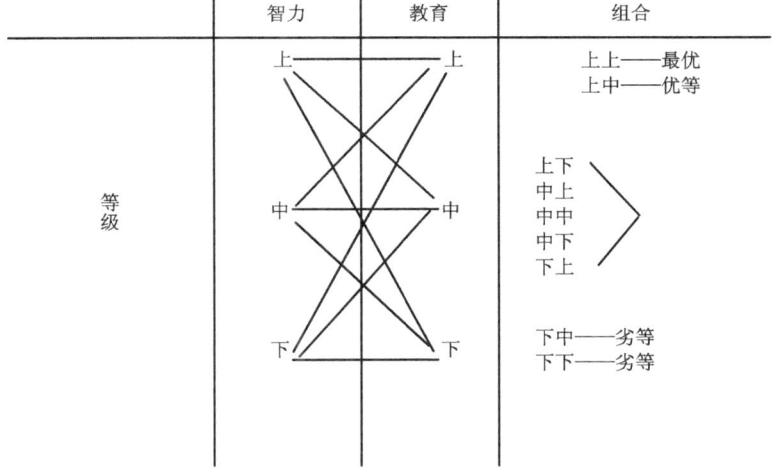

说明：

1. 最优——有天才最高的智力，又有最好的教育，如果其他环境控制得当，这样人可能有最大的成就。

2. 优等——有天生的高智力，但教育仅中等，这样人能有成就，但不能达高峰；

3. 最劣——智力低下，教育不良，能成为社会的负担；

4. 劣等——智力低下，教育尚补救一些，能自理生活就算好；

5. 正常入——智力有上有下，教育也有上有下，根本虽有高低，教育亦有好坏，这种人在社会上占绝大多数，教育对他们发挥巨大的作用。

最后，谈谈"天才教育"的问题。

天才教育——有些人把"天才"这个概念，划到资产阶级思想的范畴，甚至一提到"天才"就引起许多人的反感，其实这是错误的。造成这种错误的原因是有些人把"天才"神化了，把"天才"说得玄妙莫测。比如有的古人说："天下之才，共有一石，曹子建独具八斗"。这就是说，曹子建一个人的才能，竟能比天下共有的才能多出四倍，这还了得！曹子建不是人，简直是个神仙了。又如有人说，某个领袖，不但是举世无双的，就是在历史上也是少有的，要几千年才能出一个，真是稀世之珍了。这样神化"天才"，把"天才"看作"超人"。只有唯心论者这样想，也就使"天才"脱离了群众，而引起了反感。其实"天才"是客观存在的，他也具有血肉之躯，思想感情也和一般人无甚差别，所不同者只是天生的才能高于一般人而已；并且这种天生的才能不过是一个发展的基础（教育的根本），至于能否在学业上或事功上有所成就，还要看他的努力如何，能否艰苦奋斗而定。绝不能急速求成，拔苗助长。美国的天才儿童后来成为大科学家，"控制论"（Cybernetics）的创始人。诺贝尔威纳在暮年总结他的经验说，"培养素质优异的儿童（也就是天才儿童）是一项谨慎而长远的工作，决不能希望短期内即有成效。舆论和大众不应过分强调和吹捧'天才儿童'，免得他们和社会割断了关系，或造成了无形的压力"。又说："世界上真正的科学研究工作有 95% 是由占比例 5%弱的专业科学家搞出来的"。回过头来，看看我们是怎样培养天才儿童的：报纸和电台大肆宣传，新闻记者进行大量的采访报道，一般群众都对天才儿童"侧目相看"以为这就是"将来的大人物"。使天才儿童自己也不能认识自己的本来面目，以出人头地的姿态变成了"超人"，这样没有不断送了他的天生才能的。又急于求成，今日的天才儿童明日就成了伟大的科学家，如果不符合这个要求，就以失望的态度，冷眼相看，天才儿童也就灰心丧气，开始消极了。在这一升一降的关头，忽冷忽热的气候，使多少天才儿童为之夭折。读王荆公的"伤仲永"一文，不能不掩卷长叹啊！

现在全国人民在党的领导下，夙兴夜寐，孜孜矻矻不遗余力地来进行四化。这是建设社会主义、使祖国富强起来的最大目标。搞四化所急的是科技人才，这是当前的需要；经济发展之后，使四化继续扩大需要更多科技人才。现在我们除掉供应一大批建设的科技人才外，还需要培养更多的科技人才的后备力量，做四化扩大的接班人，这就是教育的功能，学校，特别是高等学校的职责了。怎样培养大量的科技人才，怎样培养大批的高质量的科技人才，负有教育责任者不能不仔细想想，深思熟虑地研究一下，如何选择天生才能高的学生，可以迅速地、完善地培养出大批的科技人才，保证质量，保证数量去完成任务。

按天生才能计划教育是合乎马列主义，毛泽东思想的，我们说"具体问题、具体分析、具体解决"每个儿童的教育问题就是一个具体问题，教师们应该了解他的天生才能、家庭环境、学习兴趣，对他的教育作具体安排，不能囫囵吞枣，"大拨烘"草率了事，因为这是不科学的，也是不符合马列主义，毛泽东思想的。毛主席说得好："内因是根据，外因是条件，外因通过内因而起作用"，在心理学上天生的才能是内因，教育和学习是外因，只有通过天生的才能这个内因根据，教育和学习这个外因条件才能发挥作用，这也是千真万确的，我不明白为什么有些人会看不到这种情况啊！

再进一步说，我们为了建设社会主义，发展经济，搞四个现代化，因而必须控制人口的自然增长率，因为人口增长速度快，国家的负担过重，不仅会减慢经济的发展，有时简直成了生产率提高的一个障碍，因此，我们不得不搞计划生育，把自然增长率控制在一定限度内。当前我们的目标是在 1985 年要使入口增加率控制到零，也就是生殖率和死亡率平衡，使人口保持在十一亿左右，这当然是很理想的。但是人口的数量减少，同时必须使人口的质量提高，就是人口既要少些，又要好些。这就必须提倡"优生学"（Eugenics），一方面防止下代儿童因疾病而出现缺陷，一方面也要积极提倡"优性遗传"，提高天生才能的质量。所以注意天才，选择天才，也不能不说是当务之急。

文学评论
——《试论谢榛》

一

谢榛字茂泰，自号四溟山人，山东临清人，生于公元 1495 年（明孝宗弘治八年），卒于 1575 年（明神宗万历三年）享年 80 岁，是一个较为长寿的文人。他以诗有名于当时，列名于后七子中，并为初期的领袖。著有《四溟集》十卷，和《四溟诗话》（又名《诗家直说》）四卷。

谢榛容貌丑陋，瞎了一只眼睛，同辈称他为"眇君子"，但他文才甚美。在年轻的时候，就喜欢谱新声，作艳曲。正德九年（1514）他尚未满二十岁（四溟诗话称"年甫十六"，据计算恐怕压低了几岁）就作成《乐府商调》传布在临清、德州一带，年轻的人都喜欢歌唱他这只曲子，其中有一首是这样写的：

隔花漏残春梦醒，星斗落江城。珠箔银钩低控，玉钗珊枕斜横。画堂前紫燕交飞，绿杨枝黄鸟和鸣。倚危栏，又看三春烟景，杳然不见多情。断肠芳草碧，回首乱峰青（《四溟诗话》卷三，41，以下凡仅注卷数节数者，皆引自《四溟诗话》）

谢榛曾经把这支曲子请教于本乡的文学前辈苏东皋，苏很赏识，极口称赞，并说："声口似诗，殆非词家本色。"意思是说，音调像诗，他应向诗的方向发展；因而就指点他作诗的方法。谢榛也肯刻苦钻研，"折节读书"，终于成了明朝中叶以后有名的诗人。谢榛到晚年的时候想起这位老师，感激地说，我在那时"淡泊自如，而不坠厥志，迄今五十余年，皤然一叟，惟诗是乐……苏文吾师也，不得见吾今日，悲哉！"这说明谢榛学诗的缘起。

嘉靖年间，谢榛三十多岁，两游彰德。有一位当时有名的文人名叫郑若庸者，引见给明皇朝分封在今河南北部一带的藩王赵康王。赵康王在当时以"礼贤下士"，爱好文学著称。广延天下有文学才能的人，寄居在他的门下，郑若庸就是其中的一个。（郑在京师，曾却严嵩父子之聘，清白自持，是一个很骨鲠、具有正气的人。他作有《玉玦记》传奇，描绘了无情无义的娼女李娟奴。据说，此剧出后，妓院门庭冷落，娼门中人，不得不请徐霖作《绣襦记》，颂扬李亚仙和郑元和的爱情故事以抵消之。郑亦有诗名，集名《蜻蜓集》。）

谢榛既受赵康王的宾礼，他的声名在社会上自然蒸蒸日上，天下士大夫多愿纳交。他虽是布衣，（没什么功名）但社会影响却是不小的。并且谢榛这个人，性情豪爽，能急人之急，见人有危难，很肯出大力相救，王渔洋说他"喜通轻侠"也就是富有正义感的人。他的豪侠行为，最动人的就是救卢柟一事。他和卢柟并无亲密关系，只因看见卢柟冤枉，在封建社会里，官吏恣意妄为，暗无天日，他实在气不平，就出大力相救，真有"路见不平，拔刀相助"的气概，据《明外史·卢柟传》载：

卢柟字少楩，（一字次楩）浚县人。家素丰，输赀为国学生。博闻强记，落笔数千言。为人跅弛（跅音托，跅弛，不自检束之意），好使酒骂座。常为具召邑令曰宴，不至，柟大怒，撤席减炬而卧，令至柟已大醉，不具宾主礼。会柟役夫被榜，他曰墙压死，令即捕柟论死，系狱破其家。里中儿为狱卒，恨柟，笞之数百，谋以土囊压杀之，为他卒救解。柟居狱中，益读所携书，作《幽鞫、放招》二赋，词旨沉郁。谢榛携入京师，见诸贵人，泣诉其冤，曰："生有一卢柟不能救，乃从千古哀沅而吊湘乎？"平湖陆光祖迁得浚令，因榛言，平反其狱。柟出，走谒榛。榛方客赵康王所，王立召见柟，礼为上宾，诸宗人以王故争客柟，柟酒酣骂座如故。

这段记载说明卢柟的冤枉，一半是咎由自取，假如不遇见这位好义任侠的谢榛，恐怕他冤沉海底，永无昭雪之日。此事在冯梦龙《警世恒言》小说中载之甚详，标题是《卢太学诗酒傲公侯》，所记与实情相仿，不过广加铺叙，多费了笔墨而已。又陷害卢柟的浚县县令，《警世恒言》说是汪知县，而榛的《四溟诗话》则说是蒋令。《诗话，卷三，59》载："浚人卢浮邱（即卢柟）豪俊士也，负才傲物，人多忌之，曾以诗忤蒋令，令枉以疑狱，几十五年不决。予爱其才，且悯其非罪，遂至都下，历于公卿问暴白而出之。"据此，则卢柟之忤蒋令是以诗，还不仅召宴一事。《警世恒言》中，只说后任县官陆光祖，为卢柟平反了冤狱，释放了他，并未提到谢榛营救之事，所以有人误会陆光祖就是写的谢榛（见人民文学出版社 1962 年出版的《四溟诗话》校点后记第 134 页）其实陆光祖是另外一个人，谢榛是通过他救出卢柟的。陆光祖以后还做了许多大事，政治上很重要，明史有传。《卢柟传》说："及光祖为南京礼部郎，柟往访之，因遍游吴会，无所迁还。益落魄嗜酒，病二日卒。柟骚赋最为王世贞所称，诗亦豪放，如其为人。"这段记载说明卢柟虽有才学，但性情"蹊弛"，不足成事。小说中仅提到陆光祖把他救释出狱，未写谢榛，是否有意要把谢榛看作一个"不伐善，不施劳""功成不居"的恬退君子呢？

谢榛既慷慨地救出卢柟，为他昭雪了冤枉，因此，很为大家称道，见重大林。李攀龙在《送谢茂秦》的七言古诗里，这样写道：灵楠坐街越石恩，醉后感激肝胆言，苍鹰睊眦《鹦武赋》，身挂罗网何由翻，股忧楚奏秦庭哭，遂雪黎阳国士冤。（沧溟集卷之五）"这十足地推崇谢榛的侠义行为了。[①]

谢榛既"以声律有闻拎时"（王渔洋语），又以救卢枬，声名广传都下。时王世贞李攀龙结诗社于燕市，邀其参加，谢榛虽系布衣，但诗名满天下，且年又最长，故当时被推为盟主，而李攀龙王世贞咸居其下。

111

其后又陆续加入宗臣，徐中行，梁有誉，吴国伦，即成文学史上所称之明代"后七子"。当时在诗社中要规定一项宗旨，究竟崇尚唐朝哪些诗家，大家茫无适从，最后还是谢榛提出主张。他说："选李杜十四家之最佳者，熟读之以夺神气，歌咏之以求声调；玩味之以裒精华，得此三要则造乎浑沦，不必塑谪仙而画少陵也"。当时诸人皆心服其言，奉为指针。其后，李攀龙官运飞腾，地位日高，诗文声誉亦与官阶俱升，再与谢榛论诗时，每不肯接受谢的批评，时相谴责，最后攀龙遗书绝交。而王世贞等偏袒攀龙，齐声攻击谢榛，并消除其名于"七子"之列，这可谓"压迫"到了极点。但谢榛的声望，并不因此低减，反而"游道日广"，秦晋各地的藩王争着聘请他，大河南北都称他谢先生；李王诸人虽极力排斥他，但不能堵塞住他走向荣誉的道路。不仅如此，就是他们论诗的宗旨，也始终没有脱离谢榛的主张。李攀龙可以说没有什么作诗的理论，王世贞屡次改变主张，晚年始走向平淡，没有什么重要的见鲜。说来说去，还是脱离不了谢榛诗论的范围，这样就更显得谢榛重要了。（况钱谦益《列朝诗集小传》）其后王渔洋论嘉靖隆庆间的诗，仍以谢榛为首，并说要后人能以"区别其薰莸，条分其泾渭"，可见其推崇之至。

谢榛的死和他晚年遇着的一桩"艳事"是分不开的。万历元年（1573）他从关中归，路过彰德，又得到赵穆王（康王曾孙）的盛礼招待，并在席间把一名"光华照人"而能把谢的诗词谱入琵琶的贾姬赠送给他，此时谢榛已经七十八岁了，他载之（贾姬）以游燕赵间，不二年，他就"归道山"了。《谢榛传》是这样记载的：（《图书集成，文学典》卷106）"逾二年（纳贾姬后），至大名，客请赋寿诗百章，至八十余投笔而逝，乙庆之冬月也（1575）。姬牵二子奉柩停大寺之旁，每夜操琵琶一曲，歌茂秦竹枝词，必恸绝而罢。已及以千金装付二子，令归葬，自破乐器，归老阛阓间。（阛阓：市进之意）"贾姬对谢榛是十分倾倒的，他不嫌他老丑，竟"委身事之"；在茂秦死后，又为他"守节"，"每夜操琵琶一曲，歌茂秦竹枝词，必恸绝乃罢。"这样的悲恸，除非她倾慕茂秦的才华、喜爱他的诗词、钦敬他的豪爽侠义的行为，绝不致如此。假如贾姬迫于王命（她没有身体自由，是属于赵穆王的奴隶），不得不委曲伏侍茂秦，但到了他死后，贾姬自喜获得自由，又何能这样的悲恸，而自动地为他"守节"呢？此事说明谢榛的诗词，在当时不但是公卿王侯的享乐品，即是地位低下，随人悲喜的歌姬，也对之钦慕到了极点。这也部分地表明了他的作品还有为平民所喜爱的成分存在。

二

我们对谢榛的作品和诗论究竟应当如何评价呢？《四库全书提要》论谢榛曰："榛诗足以传。论诗之语，则多迂谬。"王渔洋序《四溟诗话》曰："茂秦今体功深厚，句响而字稳。七子五子之流，皆不及也……余录嘉（靖）隆（庆）七子之味，仍以茂秦为首。"上引两种论断，对谢榛作品的评价，我们基本上是同意的。谢诗很注重音调和用字，加以才气舒放，写来很觉清新，下面略举数章，见其风格，如：

《重九雨中怀弟》：天空朔雁不成行，秋色年年似故乡，门掩菊花人独卧，冷风疏雨过重阳。

《春日饮芦沟桥酒家》：十五年前过此桥，秋风客思正潇潇，重来献赋堪杯酒，二月春风上柳条。

《春日同李于鳞游南园》：花到清明满树开，三春幽兴此池台，风光何必论金谷，世事聊须醉玉杯，一望青山云缥缈，数声黄鸟客徘徊。诸君有意看红药，乘暇还应结驷来。

《重阳夜集沈禹文参军宅有感》：帝里重阳何寂寞，参军向晚一樽同，故乡风物黄花外，佳节悲歌白发中，海岱东看仍夜月，关河南去只秋鸿，明年此日登高处，应念离人独转蓬。

　　七绝要爽利，七律须工稳。我们看谢榛的诗，可以说充分满足了这种要求。我们拿他的作品，和古来作家比较，略无逊色，真可谓"不愧一代作者"了。至于谢榛论诗之语，则古人意见也未能统一，长短互见，当分别论之。

　　谢榛是格律派，他的理论是拟古主义，是形式主义，这是无可讳言的。但就其所处的时代，就其在文学上所承受的影响言，谢榛的拟古主义在当时也可视为有进步意义的。为什么这样说？明初的"台阁体"是时代的产物。朱元璋在推翻了异族的统治建立了专制的王朝，他对于文学是有一定见解的。他要求文学为他的统治服务，稍微溢出轨外，他就以严酷手段裁制之。像高青邱这样一代宗臣，都因文学制作而惨被"腰斩"。其他望之生畏，又谁敢轻于尝试？明初三杨"台阁体"的形成，也是在强力控制之下，除歌颂功德外，无他路可走，并且身居显贵，也只有借风花雪月，装点昇平而已。前七子的拟古是对台阁体的一种反动，因为不满意台阁体的空疏，而要求复古，不过他们想改革，但遵循的路径不对，改变了台阁体的缺点，增加了复古主义的缺点。以空疏代空疏，因而为世人所诟病。后七子呢？想矫正前七子的缺点，是对前七子的一种反动，他们不仅要求复古，不仅要求"诗必盛唐，文必秦汉"，他们还要求在拟摹古人的基础上，创造出一种新的流派，特别是谢榛，他的主张更明确，他说："古人作诗譬如行长安大道，不由狭斜小径，以正为主，则通行四海，略无阻滞。若太白子美行皆大步，其飘逸沉重之不同，子美可法而太白未易法也。本朝有学子美者，则未免蹈袭，亦有不喜子美者，则专避其故迹；虽由大道跬步之间，或中或傍，或缓或急，此所以异乎李杜而转折多矣。夫大道乃盛唐诸公所共由者，予则曳裾蹑履，由乎中正，纵横于古人众迹之中；及乎成家，如蜂采百花为蜜，其味自别，使人莫之辩也"。（诗话，卷三，23）据此，谢榛论诗，主张宗述唐人遵循"大道"，但他反对蹈袭，避其故迹，要"纵横于古人众迹之中"，要

"如蜂采百花为蜜"自成一家。为此，谢榛的摹拟古人，似乎是一种手段，"自成一家"才是他的目的，要通过摹拟盛唐，发挥个性，来创造自己的流派。所以在论诗中，很重视个性，很重视个人的风格。他说："作诗譬如江南诸郡造酒，皆以麯米为料，酿成醇味如一。善饮者历历尝之曰，此南京酒也，此苏州酒也，此镇江酒也，此金华酒也。其美虽同，尝之各有甄别，何哉？作手不同故尔"。（诗话卷三，22）这样的说法，不是很重视个人的风格吗？因为崇尚个性，他反对盲目的模仿，他说："金之学子美者：处富有而言穷愁，迂承平而言干戈；不老曰老，无病曰病。此模拟太甚，殊非性情之真也"。（诗话，卷二，57）

谢榛谈"拟古"，似乎还没有忘掉"性情"，他是在崇尚个人性情的原则下，来袭取古人精华，而陶铸自己的风格的，因此，他主张"夺取古人神气"，他说："历观十四家（盛唐诗人）所作，咸可为法，当选其诸集中之最佳者，録成一帙，熟读之以夺神气，歌咏之以求声调，玩味之以裒精华，得此三要，则造乎浑沦，不必塑谪仙而画少陵也。"（诗话，卷三，39）又说："诗无神气，犹绘日月而无光彩。学李杜者勿执于字句之间，当举意熟读，久而得之，此提魂摄魄法也"（诗话，卷二，51）。这样说，谢榛似乎要摄取古人的精华，并合自己个性而创出独具风格的一派。这一主张，似乎是正确的，无可非议的。但是谢榛毕竟没有创出一个独立的诗派，并且在后人的评价中，还把他列入拟古主义者之中，还对他有所非难，这是什么原因呢？我觉得这个问题是要加以论证的。

谢榛兼取古人之长，"采百花以为蜜"，镕冶变化，自成一家，这种主张是正确的，可惜在他执行时走了错路，误认皮毛为魂魄。他所吸取的还是在古人的皮毛上，斤斤计较于字句之间，篇章之上；真正古人的精华，以文学反映现实的生活，他还没有学到。他放弃了古人反映现实的精髓，而仅从技巧上、表现手法上去学习；得到的只是皮毛，而魂魄始终没有接触到。因此，谢榛所追求的只是形式，只是格律，流连忘返，愈去愈远，他根本不能创立独特的一派，看他所说的"佳句"："凡作近体，诵要好，听要好，观要好，讲要好，诵之如行云流水，听之金声玉振，观之明霞散绮，讲之独茧抽丝，此诗家四关，使一关未过，则非佳句矣。"（诗话卷一，15）。当然，诗在形式上要求艺术技巧，观听讲诵都好是必要的。但仅从形式上用功夫，忽略了内容，忽略了现实生活的反映，纵然技巧再高明，也不过"纸糊美人"，外华美而中无物，始终不能有真性情，始终不能成佳作品。谢榛为了追求华美的形式，他甚至走出这样远，他主张作诗可以不光"立意"，信笔所之，"由辞生意"。他说："诗以一句为主，落于某韵，意随字生，岂必先立意哉？杨仲宏所谓'得句意在其中'是也。（诗话，卷二，9）"他在正月晦日，作送穷文，他赋《留穷诗》，先得一联曰："穷自有离合，心何偏去留"，借此为发典之端，遂以尤韵择其当用者若干，于是，"意随字生，便得如许好联……心中本无些子意思，率皆出于偶然，此不专于立意明矣。（诗话卷四，80）"

他似乎以他所作"留穷诗"的过程为例，来说明作诗不必先立意，偶得一句，便可由此发端，意随字生，率尔成篇。谢榛也确实有此本领，他能以一字引起而得许多诗句，例如他以"灯"为韵，而得到烟苇出渔灯，书声半夜灯，山扉树里灯，等三十四句（诗话卷三，17）又以"天"字为韵而得出"斜阳禾黍天，帆影落江天"；"天马行无迹，天势海相吞"；"海天无际色，霜天红树老"；"峡开天一线，日高天更青"；"风响参天树，蹄涔缩天影"等各种类型的诗句（诗话卷四，58）这都是因字得句。他作诗似乎利用心理学上"自由联想"的过程，以一字为"刺激物"，就此而漫天迎地地予以反应，谢榛就拿这些反应联缀成诗，那么，他在诗未成之前，究竟他要说什么？表达什么情感？是毫无定见的。在他以前，似乎没有诗人这样主张过。非但没有这样主张，并且与此相反，主张"诗以意为主""先意义而后文词"。魏庆之《诗人玉屑》卷大，"命意篇说：魏文帝曰：文以意为主，以气为辅，以词为卫。"刘贾父诗话也说，"诗以意义为主，文词次之；意深义高，虽文词平易，自是奇作。"《室中语》并谓"凡作诗须命终篇之意，切勿以先得一句一联，因而成章"。

这显然和谢榛的主张完全相反，谢榛为了维护他的意见，极力反对宋人的主张（上引《诗人玉屑》的意见是宋人的主张魏庆之南宋时人）他说："宋人谓作诗贵先立意。李白斗酒百篇，岂先立许多意思而后措词哉？盖意随笔生，不假布置。（诗话卷一，82）"。又说："诗有辞前意，辞后意，唐人兼之婉而有味，浑而无迹，宋人必先命意，涉于理路，殊无思致。（诗话卷一，81）"这样说，似乎谢榛也不完全否认作诗"立意"，不过他主张有"辞前意"和"辞后意"而已。他所说"意由字生"只是"辞后意"而"辞前意"的存在，他并不否认，并且说，"唐人兼之，婉而有味，浑而无迹"，是唐人之利用"辞前意"也作成了好诗。但是为什么宋人"先命意"的"辞前意"就"涉于理路，殊无思致"了呢？这是令人不解的。明白说一句，明人于唐诗和宋诗是有门户之见的，尊崇唐诗而极力贬斥宋诗，这种偏见，在谢榛尤表现的十足。同一事唐人为之，则加称许；宋人为之，则加排斥，这在"作诗立意"的见解上也完全可以看出来。实在说起来，宋人"必先立意"的主张，原无可非，"意随字生"倒是值得研究的，如果一篇文学作品（文也好，诗也好）作者在事先并没有固定的目的，没有为什么而写作的要求；那么，写作出来的东西，只是内容空洞，无中生有，舞文弄墨的"文字游戏"而已。尚有什么现实的意义呢？谢榛之所以不能独创一派，"成一家言"的原因，或者和他这种主张不无关系。其实，谢榛也不能不立意就成诗，不过他诗思敏捷，才情洋溢，似乎不待思致就可成篇，此实"兴"之所至而非无"意"成篇，看他自己的体会，也是这样的。他说："诗不立意造句，以兴为主，漫然成篇，此诗之入化也（卷一，101）"这是因为谢榛作诗的技术纯熟（入化）一有感受，倏尔成篇，又何尝是"不立意造句"呀？至于一篇诗，究竟先作成哪一部分？这倒无所不可的，可以顺序写成，也可以先写重要的部分，再搭配辅助的词句。谢榛引范德机的话说："绝句可先得后两句，律诗则先得中四句。当以神气为主，全篇浑成，元饾钉之迹，唐人间有此法（卷二，70）"这是完全可以的，不但唐人可以有此法，今人作诗，采用此法，亦无不可。盖作诗以兴为主，如果作绝句先得到了后两句，再配上前两句，写成一诗，当亦元碍于为好诗。律诗中间两联比较难做，要押韵，要调平仄，要讲对仗，甚至要用典故，作律诗先把中间难的部分写成，再配以首尾，也可算作一个方法。不过，这也不可一概而论，有人愿意从头做起，顺序而下，先写较易的起句，引起吟兴，再慢慢地斟酌中间两联，中间写好，乘势来个"煞尾"，这样亦无不可。这可说是个人的写作习惯，未必以固定形式约束之。谢榛在另一个地方，也这样说过："诗以两联为主（律诗的中间四句），起结辅之，（再配搭起首和结尾的句子）浑然一气。（要配合的好，首尾贯串）。或以起句为主，此顺流之势，兴在一时。（卷二，32）"，这不是说先写哪一部分都可以吗？要紧的是首尾贯串，一气浑成，不露破碎断续之迹，才算好诗。

谢榛论诗还有一个特点，他主张改诗。他说"诗不厌改，贵乎精也"（卷二，28）他以为作诗诗一个艰苦的脑力活动，中间惨淡经营，几费周折，始能成篇，若不经改窜，率尔成文，恐不能入佳处。他说："走笔成诗兴也；琢句入神力也。句无定工，疵无定处。思得一字妥帖，则两疵复出，及中联惬意，或首或尾又相妨，万转心机，乃成篇什。譬如唐太宗用兵，甫平一僭窃，而复干戈迭起；两献捷方欲论功，余寇又延国讨，百战始定，归于一统，信不易为也。（卷三，32）"这的确是深知甘苦之言。为了充分发挥思致能力，他主张作诗要多改。他曾和人争辩道：或曰"诗适情之具，染翰成章，自然高妙，何必苦思以凿其真？"予曰："新诗改罢自长吟"，此少陵若思处。使不深入溟渤，焉得骊颔之珠哉？（卷二，27）②

这确实是千古不易之论。他抬出老杜来证明改诗主张的正确。他为了作诗得到充分的修改，创行了设立"筌句"的方法。他说："作诗先以一联为主，更思一联配之，俾其相称，纵不佳，姑存以为'筌句'。筌者意在得鱼也。然佳句多以庸句中来，能用'取鱼弃筌'之法，辞意两美，久则浑成，造名家不难矣。（卷四，36）"③

这就是说，作诗不怕先得庸句，经过修改后庸句也可变成佳句，要紧的是不要怕"多改"。谢榛为了贯彻他的主张，经常动笔改诗，除了改自己的诗以外，有时也改别人的诗，更多的是改古人的诗。因为他改古人的诗常常也遭到许多物议，认为他改的不当。

蒋一葵《尧山堂外纪》载：谢茂秦游天坛，赋七言一律，有天畔飞霞照万山之句。寻易山字为峯，遂成绝句云，"渡嶺攀崖自一筇节，黄冠竹下偶相逢，振衣直上昇仙石，天畔飞霞照万峯"。清吴景旭《历代诗话》癸集七，评之曰，"诗家易字，最为紧要，至有两字一义，而用此则安，用彼则否，尤关微妙……山之与峯，其义一也，试细哦之，觉舌本间有断断不可混下者，此无他，响与哑之别也"。这似乎专从音调上去研究。其实在用字造句命意属对等方面，亦多可因为修改而得到好诗。

谢榛也曾自己征引过改诗的例子。在《诗话，卷一，120 节》他说："予初赋《侠客行》曰：'笑上胡姬卖酒楼，赌场赢得锦貂裘；酒酣更欲呼鹰去，掷下黄金不掉头，此结亦有爆竹而无余音。遂更之曰：'天寒饮罢酒家楼，掷下黄金不掉头，走马西山射猛虎，晚来风雪满貂裘'"。这样他自己认为满意了。但细细咀嚼，是否改诗一定胜过原诗，这恐怕还有不同的意见吧。

作诗须要改，这是一个要窍，古人经验，言之谆谆，少陵所谓"新诗改罢自长吟"是也。宋唐庚常述他改诗的经验说："诗，最难事也。吾于他文不至塞涩，性作诗甚苦。悲吟累日，仅能成篇，初读时未见可羞处，姑置之；明日取读，瑕疵百出，辄复悲吟累日，反复改正，比之前时，稍稍有加焉；复数日取出读之，疵病复出。凡为此数回，方敢示人，然终不能奇"（唐子西语録）又宋张之潜（来）尝云："世以乐天（白居易）诗为得于容易而来。尝于洛中一士人家，见白公诗草数纸，点窜竄塗抹，及其成篇，殆与初作不侔"。（以上所引均见《诗人玉屑》卷八，煅炼）。

谢榛这种主张是有根据的。但改诗亦须恰到好处，适可而止，要一意雕琢，露出刻削之迹，使浑雄元气，为之减杀，反为不美。袁枚曾写过他的经验："余引泉过水西亭，作五律起句云，'水是悠悠者，招之入户流'。隔数年，改为'水淡真吾友，招之入户流'孔南溪方伯见曰，求工反拙，以实易虚，大不如原本矣。余憬然自悔，仍用前句。因忆四十年来，将诗改好者固多，改坏者亦复不少。（《随园诗话》，卷六）"这样看来改诗也要有一定尺度的。谢榛改自己的诗，有的改好，有的也可能改坏。前引"笑上胡姬卖酒楼"一首，改诗就不一定比原诗好，就可说明这一点。

谢榛不仅改自己的诗，也常批判别人的诗。改自己的诗是为了求好，要求还是正确的；批判别人的诗常常是贬斥别人诗才低劣，而显示自己高明，这样一来，就常常引起被批判人的不满，而引起争论，甚或闹成对立。谢榛救过卢柟的性命，卢柟当然是对他感恩的，但是谢榛因为批判卢柟的诗，致使卢柟和他争执（《诗话》，卷三，40）。记谢榛批判卢柟说："观子直写胸中所蕴，由乎气胜，专效背水陈之法，久而遂熟，未必皆完篇也，予所作，惟以仙丹而疗人间百病，予诗如扁鹊诊脉，用药不失病源"。卢曰，"平生口吃不能剧谈，但与子提笔对赋，各见所长"。予曰"这是卢生倔强不服善处！……固哉人也！"这事可见他的批判卢柟，也未能中肯，致使卢柟不服。大概与李攀龙论诗，互相谴责，以致攀龙遗书绝交，也是由于批判他的诗所引起。

谢榛更喜欢改古人的诗，宋人的诗他是不屑改的，唐以前的诗他不知改了多少，但经他改动的，常常引起别人的争论，而不同意他的改作。

例如王渔洋《论诗绝句三十首》之一，有云"枫落吴江妙入神，思君流水是天真，何因点窜澄江练，笑杀谈诗谢茂秦"（见渔洋精华录笺注，卷二）就是讽刺他改谢玄晖的"澄江净如绒"为"秋江净如练"的不当。王世贞《艺苑卮言》也说，"谢山人谓'澄江净如练'；澄净二字意重，欲改'秋江净如练'余不敢以为然，盖江澄乃净耳"。（《四库全书总目提要》也批判他改杜牧《开元寺水阁诗》的不当。原文是这样说的，"如谓杜牧《开元寺水阁诗》'深秋簾幕千家雨，落日楼台一笛风'句不工，改为'深秋簾幕千家月，静夜楼台一笛风'。不知前四句为'六朝文物草连空，天澹云间今古同，鸟去鸟来山色里，人歌人哭水声中'。末二句为'惆怅无因见范蠡，参差烟树五湖东'。皆登高晚眺之景。如改'雨'为'月'，改'落日'为'静夜'，则'鸟去鸟来山色里'，非夜中之景，参差烟树五湖东，亦非月下所能见。而就句改句，不顾全诗，古来有是诗法乎？"这批评是很中肯的，谢榛是时常"攻其一点，不计其余"，来擅改古人的诗章的。

下面我们再举几个谢榛改古人诗的例子，加以讨论。他曾改杜牧的《清明》诗，他承认"借问酒家何处有？牧童遥指杏花村"此作宛然入画。但他说"气格不高"，而改为"日斜入策马，酒肆杏花酒"，以为"不用问答，情景自见"。（卷一，105）问题在于谢榛所改动的诗句，已是另一幅图画，而非原诗景象。原诗未说时间是"日斜"，未说"路上行人"是"策马"，"酒肆"是在杏花村，并未说一定在"杏花西"。原诗的好处在于"牧童遥指"隐约可见，在若隐若现之间，别有情趣；谢榛把它改的很"逼真"倒显得呆板了。并且原诗有它自己的景象，谢榛改作已换了一幅景象，景象不同，措辞自异，所咏既非一事，好坏就难以比较了。谢榛常常自立一个标准，用以衡量古人的诗句，究竟这个标准是否正确？大家是否同意？他就不管了。这就是纯粹用主观见解来行事。例如他先立了一个标准说，作诗"起句当如爆竹，骤响易彻；结句当如撞钟，清音有余"（卷一，112）。他就根据这个标准来改唐郑谷的《淮上别友人》诗。原诗是这样的："扬子江头杨柳春，杨花愁杀渡江人，数声风笛离亭晚，君向潇湘我向秦"。谢榛认为"此结句如爆竹而无余音"。把它变作起句，而改成这样一首诗："君向潇湘我向秦，杨花愁杀渡江人，数声长笛离亭外，落日空江不见春"。这真是"点金成铁"了。原诗四句，分成两段，每段里一句写景，一句抒情，配搭得很好，江景离情，跃然可见，不愧为名作。"君向潇湘我向秦"一句，究竟是"爆竹"而发"骤响"，或者是"撞钟"而有"清音"这完全是个人的体会，彼此绝不会一样。就是"爆竹骤响"应放在起句或者放在结句，也各有见解，不一定完全固定起来。如此来改古人的诗，能改得正确的是少见的。"落日空江不见春"一句，不见得有什么"余音"，但是已经不合题意。

诗是"叙别"，不是"伤春"，见春不见春与别情又有何关系呢？所以说"愈改愈差"了。

总之，作诗就当前情景立意，改古人诗已和古人的情景不同，能改到"恰到好处"者很不多见，谢榛自恃才气，目空一切，常常任意为之，殊不足以取法。明清之际，改古人作品的风气很盛，谢榛之后，如此行动的还大有人在。袁枚《随园诗话》卷一，载："方望溪删改八家文，屈悔翁（名复，陕西人，清初布衣，有诗名）"改杜诗，人以为妄。予以为八家少陵复生，必有低首俯心而遵其改者，必有反复辩论而不遵其改者。要之抉摘于字句之间，虽六经颇有可议处，固无劳二人之舍其田而芸人之田也！"这话说得很正确。谢榛的改古人诗的活动，未免"多此一举""劳而无功"吧！

把谢榛作为一个作者来看，他是一个"御用学者"，作品中的人民性是很少的。他的诗论也脱离不了形式主义和拟古主义。但有些主张也应该予以肯定的；例如摹拟古人要"去粗取精"集众家之长，再加上自己的个性，独创一派，"成一家言"，这是很对的，文学的发展，有沿有革，不继承古人的精华，费力多而成就少；不发挥自己的创造性，局促于古人的辕下，终难有新的开展。谢榛虽然自己没有达到他的目标，但主张无论如何是正确的。另外，如主张作诗多改，"琢句入神"，都是可为我们借鉴的。

<h2 style="text-align:center">三</h2>

王渔洋论诗，极力推崇谢榛，"録嘉，隆七子之咏，仍以茂秦为首"。其推崇之意可见，前边已曾提及。到清朝乾隆年间，胡曾刻过谢榛的《诗家直说》（即四溟诗话）并为之序曰："四溟山人眇一目，称眇君子。然其论诗，真天入具眼，弇州《艺苑卮言》所不及也。（弇州即王世贞）诗之工，则有目者咸识之"。胡曾也很推崇谢榛的诗，并且说谢论诗"独具双眼"说出别人所未道出的理论。这很确实。同时沈维材跋《四溟诗话》时，也提到清初名士计甫草路过彰德，曾"请于当事，立碑墓门"也是表示崇敬之意。在明清之交，谢榛的诗和诗的理论，曾发生过相当影响，这是可以理解的。

和谢榛同时的文人，对他的评价，一般说，也还是推崇的。例如在明中叶以后，执文坛牛耳数十年的王世贞，在《明诗评》卷一，评谢榛说，"诗（谢榛的诗）宗法少陵，穷体极变原旨，推用五七言律，得其十九，近时之麟凤哉！"布衣风格，从古未有，孟浩然亦当退舍"。这推崇的多么崇高。王世真还刻过谢榛的近体诗，在《艺苑卮言》中，也说过谢榛许多好话，其后，在后七子中发生了内部矛盾，互争领导权，李攀龙遗书谢榛，与他绝交，王世贞偏袒攀龙，也开始攻击谢榛，如在《艺苑卮言》卷七，说："谢茂秦年来愈老悖，尝寄示拟李杜长歌，丑俗稚钝，一字不通。而自为序，高自称许。"这原是文人相轻的积习，殊不足为茂秦病。王渔洋在《四溟山人集序》中说，"然茂秦游道日广，秦晋诸藩争延致之，河南北皆称谢先生。诸人虽恶之，不能穷其所往也"。可见王李对于谢榛的排斥，并未损害了他的诗名，非但如此，李攀龙先时地位低下，奉谢榛为盟长，其后宫阶益尊，诗名易盛，遂和茂秦绝交，而摈斥他于七子之外。这好像只论地位，不论学问，这种态度，很引起人的反感。当时徐文长（渭）就认为王李"倚恃绂冕，凌压韦布"，拒绝参加他们的诗社。

李攀龙对于谢榛，始终未加重视。初时结社所以推谢榛为盟长者，只是谢年长，诗名已著，而李本人名尚未成，姑且让之。一旦官高名立，遂遗书绝交，而自取盟长的地位而代之。观其《初春元美席上赠茂秦》七律一联曰："明时抱病风尘下，短褐论文天地间"（沧溟集，卷七）表面上似推崇，骨子里原有鄙视之意。上句说在文教昌明时代，圣天子在上，但谢榛却"抱病风尘下，"抑郁不得志，岂非"不才明主弃"吗？而下句却暗讽谢榛以布衣之士，奔走于王侯公卿间，藉以与天下士大夫论交，似乎很不自量的。这两句诗表明李攀龙对谢榛的态度，早有"文人相轻"之意。但虽在相轻，谢榛诗论的价值却未因此而受影响。

谢榛自视却是相当高的。在《四溟诗话》里屡屡提出他对别人作品的看法，他的主张似乎很谦抑，但详细分析起来，实有"似谦实傲"之嫌，我们看他的说法："作诗不能自满，此大雅之胚也。虽跻上乘，得正法眼评之尤妙。勤以早之，苦以精之，谦以全之，能入乎天下之目，则百世之目可知。（卷三54）"作诗主张叫别人批评，藉以改进，这是根客观很谦逊的态度，但最后目的是什么呢？最后目的是让他的诗传布天下。流传百世！这个目的可不平凡呀！他曾经记述与人论诗的故事。《诗话，卷三 31》记："大梁李生好记人恶诗，每每传之一笑。予谓之曰：'观子胸中所蕴如此，则秽浊其心，安能吐芳润发清雅乎？予从我游二十余年，试诵我诗一篇或一联，以见黄钟瓦缶，声调异同，则工拙两存乎心，所论公平，靡不服矣'。生茫然元以对。"又（《诗话》，卷三，60）记：

"予客京师，有一缙绅相善，尝谓予曰，每见人恶诗，予意憎之，而不乐交也。予曰，予则异于是……夫作诗才有不同，各有工拙；爱憎系乎为人，诗何与焉？缙绅笑而然之"。

这两段记载都表明谢榛对别人诗词的谦逊态度。前一段教训他的学生不要菲薄别人的恶诗，后一段又规劝他的朋友不要因诗作的不好就轻视他的为人。这都是很正确的。但是这两段记载里，都可以看出他对于自己的诗是评价极高的，要李生评他的诗，李生当然须承认他的诗是"黄钟"，绝非"瓦缶"。对京师的缙绅说，"诗才不同，各有工拙"，但诗才高的，绝不应该诽笑诗才低的，谢不诽笑别人的恶诗，不以别人的恶诗而鄙弃其人，无疑的，他是自居于诗才高的一流了。

在讨论作诗方法时，谢榛的自负态度，表现的更突出。看他有关论诗法的记载：已酉岁中秋夜,李正郎子朱延同部李于鳞(即攀龙)王元美(即世贞) 及余尝月。因谈诗法。予不避谫陋，臭陈颠末。于鳞密以指掐予手，使之勿言，予愈觉飞动，亹亹不辍。月西乃归。于鳞徒步相携曰："子何太泄天机？"曰："更有切要处不言"。曰："何也？"曰："其如想头别尔！"于鳞默然。（卷三，19)"这段惜李于鳞之口，说出他"太泄天机"。那么，他无疑是知晓天机的人了。在另一处有客问诗法，谢榛告以"句由韵成"和"因字得句"之法。最后畅抒己见说："夫人妙，悟有困，自能作古……尔独不能因人之悟，而开已之悟耶？"客谢而去。顾予笑曰，"子何太泄天机也？"(卷四，58)这里又提到"泄露天机"的问题。所谓"天机"者，通常的含义是"自然的秘密"，在神权时代，人事都决定于天，天的秘密，人是猜不透的。能知天机者，除非是圣人，但圣人虽知天机，亦不能随便泄露，如果圣人泄露了天机，也是要遭"天谴"的。谢榛把诗法和天机联系在一起，他似乎认为诗法是"自然的秘密"一般人是不能了解的，他把诗说成"玄之又玄"的东西了。

我们论谢榛的诗和诗论，也只能着重于形式方面。谢榛即属于格律派的作家，我们在上面所论者，也都偏于形式方面。至于谢诗的思想内容，是很少可谈的。他即出生于封建社会，他的思想也就受当时统治阶级思想所支配，他的宇宙观和人生观也逃不出当时统治思想的范围。对朝廷则诵功德，居贫困则感悲伤，这是一般作者的情况。我们承继古代文学遗产，自然以思想性艺术性俱优者为上，其次，思想性差而艺术性较强者，亦可作借鉴之资。谢榛当然属于次一类的作家。

注①：卢楠（楠同枏丹又同柟，梗枏皆良木，故卢柟字少梗）

"越石恩"：言太守清廉，卢柟得释并昭雪其冤之恩情也。《南芥书》：齐虞愿为晋平太守，海边有越王石，常隐云雾，相传云，清廉太守乃得见，愿往观，清澈无隐蔽。

"苍鹰"：谓酷吏也。《史记》汉郅都用法严酷，尤不避贵威，列侯宗室见之，侧目而视，号曰苍鹰。

"睚眦"：小怨也；仇恨也。

"楚奏"：王杰《登楼赋》钟仪幽而楚奏兮。意指卢柟在狱作赋。

"黎阳"：即河南浚县，此处"黎阳国士"指卢柟。

注②：溟渤：即沧海。骊颔领之珠：骊是黑龙，颔（下巴）下有宝珠，但非深入沧海不能探得此珠，出庄子。

注③：筌：竹製，取鱼之具。"得鱼忘筌"出庄子。

国外短片小说名著翻译

（一）小酒桶

原著　莫泊桑（法国）

司考特·艾普雷维尔地方的旅店主人——把他的马车停在马格罗老妈妈农场的前面。他是一个四十多岁胖子，红脸膛，肚皮向外鼓着，邻居们都知道他是个狡猾和善于找便宜的人。

他栓好了马，进入院内。他有一块田地紧连着马格罗老妈妈的这一块，因此，他老早就打定主意要吞噬老妈妈的土地。

不晓得有多少次了，他提出要购买这块地，只是老妈妈每次都给他个钉子碰，他是干着急无法可想。老妈妈说，"我生在这块田地上，将来我还死在这里。"

今天老妈妈正在屋门前削土豆皮，她已经 72 岁了，皮肤干枯，腰脊弯曲，但她辛勤劳动，和年轻人一样。司考特友好地拍了一下她，然后坐在靠近她的一个小凳子上。

"老妈妈，身体好吗？祝你健康长寿。"

"还不错，你呢，发财的老板？"

"啊，我也还过得去，除了有些关节痛。"

"好，大家都没坏消息。"

老妈妈忙着在那里削土豆皮，再也不开口了。司考特注视着她那弯曲、粗糙、疙瘩累累像蟹爪的手指，从筐里拿出土豆来，敏捷地用一把老菜刀把长长的土豆皮削落地上，随手把削好的土豆扔在一个水盆里。有几只不怕人的母鸡，试探着走到她的裙边，啄住一块土豆皮，边飞边叫地跑到远处去了。

司考特有些犹豫，难以为情，同时又不开口。几次是话到舌尖又吞了下去。最后才鼓起勇气说，

"马格罗老妈妈，你来看。"

"什么事，要我帮忙吗？"

"你的那块田地还是不愿卖给我吗？"

"不愿。不要再作打算了。这件事是永久确定了，不会改变的，你也无须再提了。"

"但是，听我说，我已经想到了一个办法对我们双方都有利。"

"你说说。"

"是这样的。你把这块地卖给我，但是仍然像现在一样保留在你手中。你明白吧？好好地听听我的办法。"

老妈妈停止了削土豆皮的工作，两只皱襞的老眼很快地注视在店主人的脸上。

他接着说："我对你讲明白，每个月我交给你150法郎。听清楚啦，每个月我就用这辆马车给你送来三十块五元的银币，一切如常，丝毫不改变现状，你仍住在这里，你无需做什么，只是收款而已。这样你觉得合适吗？"

他笑嘻嘻地注视着老妈妈，带有一种爽朗而喜悦的神情。

老妈妈对这些是不相信的，她心里盘算着，这里究竟暗藏着什么诡计。她问道，"这都是为我啦，但是这块田地又怎么能归你呢？"

他回答说，"这你就不用担心了。你就住在这里，上帝不召唤你的时候，你就在这住着，这仍然是你的家，不用丝毫顾虑。你只需要到公证人办公室去签一张契约，等你去世以后，这块地就归我所有了。你也没有子女，几个侄儿你也用不着管他们，这样对你合适吗？只要你活着，这块田地你还是保留着，我每月付你三十块五元银币，其他没事了，你说这样好吧？总体说来是你占便宜。"

老妈妈有点惊讶了，心里七上八下，但是却有点动摇了。她说，"我不能一口拒绝你，但是我要仔细考虑一下。下礼拜你再来，我们从长商议，那时我再答复你。"

司考特于是离开了，心里说不出的高兴，好像是专制魔王已经征服了一个大帝国。

这件事从此就挂在马格罗老妈妈的心上，她想呀想呀，不能释怀，那天夜里，她失眠了，在四天里以后她好像害了一场病，想来想去，顾虑万端，总是拿不定主意。她默默中觉得司考特是在那里捣鬼，他不会把便宜白白地让给别人的；但是，她想到白花花的三十块五元银币，哗啦啦地倒在她的围裙里，就好像从天上掉下来的，毫不费力地白捡一笔钱，她确实有些舍不得，她的心似乎宁静不了啦。

最后她跑到了本地的公证人办公室，（公证人是一个地方小官吏，职责是监督人们之间契约的签署，日后如有纠纷他可作证。）把事情和盘托出说给了他。公证人要她接受司考特的建议，但是要把每月的交款增加一些，把三十块五元法郎增到五十块。他认为马格罗老妈妈这块田地最低价也值六万法郎。他说，

"假如你再活十五年吧，照每月五十块（五元银币）交款，总共也不过四万五千法郎，司考特还是占便宜的。"

马格罗老妈妈想到这每月五十块五元银法郎的前景，几乎颤抖起来，但始终是疑虑重重，她怕有千万件想不到的事情会发生，这里会埋藏着

暗线，这里会有鬼把戏。她一直呆到天黑，问了公证人几百个问题，翻来覆去，把公证人闹了个不可开交，但她还是决定不下来。最后她请求公证人给她起草一份契约，这才拿着回家，但是晕头涨脑好像喝了几缸新酒似的。

等到司考特来到听她的回答时，她又和他斗了大半天嘴，她宣称她不需要这种交易，没有什么可谈的了；但后来又把话拉回来，生怕司考特不肯每月出这五十块银币。最后，还是由于他的坚持，她才说出她的真意。他听后大吃一惊，非常失望，断然地拒绝了。为了把他再拉回来，她开始估计她还能活多长时间。

"我肯定再活个五、六年吧。现在我已经七十三岁了，身体也不算强壮。有一天晚上我几乎要死去了，心脏好像已经停止跳动，大家七手八脚的才把我弄到床上。"

但司考特不吃这一套，他说，"好好地活着吧，老滑头，你像教堂的锤那样坚固，不会死的，至少要活到一百一十岁，你一定会给我送殡的。"

整整的一天，他和她就在这样的讨价还价中度过了，老妈妈咬定了一口价不肯放松。最后还是店主人同意了每月五十块银币，这才成了交易。

第二天他们签订了契约，老妈妈还另外多要十块钱，作为请客吃酒庆贺成约的费用。

三年过去了，老妈妈越活越壮，他似乎一点也没有见老。司考特很失望，他想这笔款将要交五十年，他是受了愚弄被欺骗，就要破产了。他不时地去看看老妈妈就像一个农民在六月里到麦田里去看看麦子成熟的情况，是否可以开镰了。她接待时露出一种狡猾且不怀好意的神态，好像自鸣得意，这一次她终于战胜了一个"贼里不弱"的人。但司考特却很快地钻进他的马车，嘴里自语道，"老东西，你是不会死了。"

他真是不知所措了，每次见到她时他真想把她掐死。他恨得要死，就像农民恨强盗一样，他绞尽脑汁想办法对付他。

后来某一天他又去拜访她，拍手打招呼一如他最初建议这个土地交易时的情况一样，在随便闲聊了几句之后，他说，"老妈妈，你进城的时候，为什么不到我那里吃点东西？人们说了许多闲话，说我们交情不融洽，这使我听着很不是滋味。来，常到我这里来，吃顿饭还没有什么，我不是那么吝啬的。如果你高兴来的话，什么时候都可以，我是从心里欢迎的。"马格罗老妈妈是不用下请帖的。两天以后，她乘着自己的大车进城买点东西，她大胆地把车赶到司考特的院里并且要讨扰他一次。

店主人笑容满面地欢迎了她，把她待如上宾，摆下了极丰盛的席面，有烤鸡、香肠、羊肉扒、火腿和烧白菜。老妈妈吃得很少，几乎没动什么。从小的习惯，饮食很俭约，每饭也只是两片面包和一点菜汤，最多也不过加点黄油。

司考特有些失望，频频地劝她喝酒，她对酒也和对菜一样，吃一点就行了，并且还拒用咖啡。

他催促说，"来，咱们喝点好的。"

"啊，好的，我不反对。"

主人提高嗓门，隔着客堂喊道："伙计，拿好酒来，要那最好的，多年陈酒，市上买不到的。听见了吗？"

伙计拿来了，一大瓶名贵的酒，瓶上还装饰着纸做的葡萄叶。主人斟满了两小杯，捧着说道："来，尝尝这酒的滋味，这是纯酒。"

老妈妈端起杯来，抿了一口，慢慢地咽下，这滋味长时留在口里，她喝尽一杯时，把杯子翻转过来，余沥也吸到嘴，说道，"啊，是呀，真是好酒。"

她话还没有说完，店主人又给她斟上了第二杯，她打算拒绝，但是已经迟了，酒已在杯子里，她又像第一杯时慢吞吞地把酒饮下去。

他还要给她斟满第三杯，但是她拒绝了。店主人执意要她再饮些，劝说道，"来，再喝些，这酒没有多大劲儿软得像牛奶一样，我喝个十几杯一点也感觉不出什么来。饮这种酒像吃糖，它既不伤胃，也不上脑袋。在舌头上它就挥发净了，说实在的，这是最好的营养品。"

她实在也馋这酒，自然喽，她又接受了，不过这回只喝了半杯。

司考特慷慨大方满怀热情地说，"老妈妈，你既喜欢这种酒，我就奉送你一小桶。拿它来证明我们之间的友谊是万古长青的。"马格罗老妈妈自然也没有说不肯收受，她坐车回家时已经是半醉了。

第二天店主人又驱车来到老妈妈的农场上，从车里拿出一个小桶，外面还用铁片箍着。为了证明这是昨天所喝的"好酒，"他让老妈妈尝一尝，他们各自又饮了三杯，店主人打算离开，说道：

"当你喝完时，不要着急，我那里多着哩，你是喝不完的。按我们的交情说，我是不能吝惜的，你喝得越多我是越高兴。"

这样，他赶车走了。

四天后他又来了。老妈妈坐在那里切面包渣，要做汤用。他走近了她问了好，注意地闻了闻她的气息。当他嗅到一阵酒气时他放心了。

"你可以给我一杯'好酒'吃吗？老妈妈"他说。

这样，他们碰起杯来，一二三，一连喝了好几次。

没有几天，消息就传遍了全乡下，马格罗老妈妈常常一人就醉倒了。有时在她的厨房里，有时在院子里，有时也在附近的公路上，她总是被人扶起，抬到床上去，她醉得人事不省，好像死尸一样。

司考特不再去看她了，当人们向他说到这个老农妇时，他却愁眉苦脸地说，"到她那个年纪，养成喝酒的习惯，真是不幸得很。老年人是没有本钱的，精力衰竭，再加上这种坏习惯，那就快送终了。"

的确，酒把她送终了。第二年冬天，快到圣诞节的时候，她醉倒在雪里，这样死去了。

店主人司考特自然地承受了她的农场，对人说"老蠢货，如果她不喝酒，她至少还要多活十年。"

附　录

The Little Cask

Guy de Maupassant

He was a tall man of forty or thereabout, this Jules Chicot, the innkeeper of Spreville, with a red face and a round stomach, and said by those who knew him to be a smart business man. He stopped his buggy in front of Mother Magloire's farmhouse, and, hitching the horse to the gatepost, went in at the gate.

Chicot owned some land adjoining that of the old woman, which he had been coveting for a long while, and had tried in vain to buy a score of times, but she had always obstinately refused to part with it.

"I was born here, and here I mean to die," was all she said.

He found her peeling potatoes outside the farmhouse door. She was a woman of about seventy-two, very thin, shriveled and wrinkled, almost dried up in fact and much bent but as active and untiring as a girl. Chicot patted her on the back in a friendly fashion and then sat down by her on a stool.

"Well mother, you are always pretty well and hearty, I am glad to see."

"Nothing to complain of, considering, thank you. And how are you, Monsieur Chicot?"

"Oh, pretty well, thank you, except a few rheumatic pains occasionally; otherwise I have nothing to complain of."

"So much the better."

And she said no more, while Chicot watched her going on with her work. Her crooked, knotted fingers, hard as a lobster's claws, seized the tubers, which were lying in a pail, as if they had been a pair of pincers, and she peeled them rapidly, cutting off long strips of skin with an old knife which she held in the other hand, throwing the potatoes into the water as they were done. Three daring fowls jumped one after the other into her lap, seized a bit of peel and then ran away as fast as their legs would carry them with it in their beak.

Chicot seemed embarrassed, anxious, with something on the tip of his tongue which he could not say. At last he said hurriedly:

"Listen, Mother Magloire—"

"Well, what is it?"

"You are quite sure that you do not want to sell your land?"

"Certainly not; you may make up your mind to that. What I have said I have said, so don't refer to it again."

"Very well; only I think I know of an arrangement that might suit us both very well."

"What is it?"

"Just this. You shall sell it to me and keep it all the same. You don't understand? Very well, then follow me in what I am going to say."

The old woman left off peeling potatoes and looked at the innkeeper attentively from under her heavy eyebrows, and he went on:

"Let me explain myself. Every month I will give you a hundred and fifty francs. You understand me! suppose! Every month I will come and bring you thirty crowns, and it will not make the slightest difference in your life--not the very slightest. You will have your own home just as you have now, need not trouble yourself about me, and will owe me nothing; all you will have to do will be to take my money. Will that arrangement suit you?"

He looked at her good-humoredly, one might almost have said benevolently, and the old woman returned his looks distrustfully, as if she suspected a trap, and said:

"It seems all right as far as I am concerned, but it will not give you the farm."

"Never mind about that," he said; "you may remain here as long as it pleases God Almighty to let you live; it will be your home. Only you will sign a deed before a lawyer making it over to me; after your death. You have no children, only nephews and nieces for whom you don't care a straw. Will that suit you? You will keep everything during your life, and I will give you the thirty crowns a month. It is pure gain as far as you are concerned."

The old woman was surprised, rather uneasy, but, nevertheless, very much tempted to agree, and answered:

"I don't say that I will not agree to it, but I must think about it. Come back in a week, and we will talk it over again, and I will then give you my definite answer."

And Chicot went off as happy as a king who had conquered an empire.

Mother Magloire was thoughtful, and did not sleep at all that night; in fact, for four days she was in a fever of hesitation. She suspected that there was something underneath the offer which was not to her advantage; but then the thought of thirty crowns a month, of all those coins clinking in her apron, falling to her, as it were, from the skies, without her doing anything for it, aroused her covetousness.

She went to the notary and told him about it. He advised her to accept Chicot's offer, but said she ought to ask for an annuity of fifty instead of thirty, as her farm was worth sixty thousand francs at the lowest calculation.

"If you live for fifteen years longer," he said, "even then he will only have paid forty-five thousand francs for it."

The old woman trembled with joy at this prospect of getting fifty crowns a month, but she was still suspicious, fearing some trick, and she remained a long time with the lawyer asking questions without being able to make up her mind to go. At last she gave him instructions to draw up the deed and returned home with her head in a whirl, just as if she had drunk four jugs of new cider.

When Chicot came again to receive her answer she declared, after a lot of persuading, that she could not make up her mind to agree to his proposal, though she was all the time trembling lest he should not consent to give the fifty crowns, but at last, when he grew urgent, she told him what she expected for her farm.

He looked surprised and disappointed and refused.

Then, in order to convince him, she began to talk about the probable duration of her life.

"I am certainly not likely to live more than five or six years longer. I am nearly seventy-three, and far from strong, even considering my age. The other evening I thought I was going to die, and could hardly manage to crawl into bed."

But Chicot was not going to be taken in.

"Come, come, old lady, you are as strong as the church tower, and will live till you are a hundred at least; you will no doubt see me put under ground first."

The whole day was spent in discussing the money, and as the old woman would not give in, the innkeeper consented to give the fifty crowns, and she insisted upon having ten crowns over and above to strike the bargain.

Three years passed and the old dame did not seem to have grown a day older. Chicot was in despair, and it seemed to him as if he had been paying that annuity for fifty years, that he had been taken in, done, ruined. From time to time he went to see the old lady, just as one goes in July to see when the harvest is likely to begin. She always met him with a cunning look, and one might have supposed that she was congratulating herself on the trick she had played him. Seeing how well and hearty she seemed he very soon got into his buggy again, growling to himself:

"Will you never die, you old hag?"

He did not know what to do, and he felt inclined to strangle her when he saw her. He hated her with a ferocious, cunning hatred, the hatred of a peasant who has been robbed, and began to cast about for some means of getting rid of her.

One day he came to see her again, rubbing his hands as he did the first time he proposed the bargain, and, after having chatted for a few minutes, he said:

"Why do you never come and have a bit of dinner at my place when you are in Spreville? The people are talking about it, and saying we are not on friendly terms, and that pains me. You know it will cost you nothing if you come, for I don't look at the price of a dinner. Come whenever you feel inclined; I shall be very glad to see you."

Old Mother Magloire did not need to be asked twice, and the next day but one, as she had to go to the town in any case, it being market day, she let her man drive her to Chicot's place, where the buggy was put in the barn while she went into the house to get her dinner.

The innkeeper was delighted and treated her like a lady, giving her roast fowl, black pudding, leg of mutton and bacon and cabbage. But she ate next to nothing. She had always been a small eater, and had generally lived on a little soup and a crust of bread and butter.

Chicot was disappointed and pressed her to eat more, but she refused, and she would drink little, and declined coffee, so he asked her:

"But surely you will take a little drop of brandy or liqueur?"

"Well, as to that, I don't know that I will refuse." Whereupon he shouted out:

"Rosalie, bring the superfine brandy--the special--you know."

The servant appeared, carrying a long bottle ornamented with a paper vine-leaf, and he filled two liqueur glasses.

"Just try that; you will find it first rate."

The good woman drank it slowly in sips, so as to make the pleasure last all the longer, and when she had finished her glass, she said:

"Yes, that is first rate!"

Almost before she had said it Chicot had poured her out another glassful. She wished to refuse, but it was too late, and she drank it very slowly, as she had done the first, and he asked her to have a third. She objected, but he persisted.

"It is as mild as milk, you know; I can drink ten or a dozen glasses without any ill effects; it goes down like sugar and does not go to the head;

one would think that it evaporated on the tongue: It is the most wholesome thing you can drink."

She took it, for she really enjoyed it, but she left half the glass.

Then Chicot, in an excess of generosity, said:

"Look here, as it is so much to your taste, I will give you a small keg of it, just to show that you and I are still excellent friends." So she took one away with her, feeling slightly overcome by the effects of what she had drunk.

The next day the innkeeper drove into her yard and took a little iron-hooped keg out of his gig. He insisted on her tasting the contents, to make sure it was the same delicious article, and, when they had each of them drunk three more glasses, he said as he was going away:

"Well, you know when it is all gone there is more left; don't be modest, for I shall not mind. The sooner it is finished the better pleased I shall be."

Four days later he came again. The old woman was outside her door cutting up the bread for her soup.

He went up to her and put his face close to hers, so that he might smell her breath; and when he smelt the alcohol he felt pleased.

"I suppose you will give me a glass of the Special?" he said. And they had three glasses each.

Soon, however, it began to be whispered abroad that Mother Magloire was in the habit of getting drunk all by herself. She was picked up in her kitchen, then in her yard, then in the roads in the neighborhood, and she was often brought home like a log.

The innkeeper did not go near her any more, and, when people spoke to him about her, he used to say, putting on a distressed look:

"It is a great pity that she should have taken to drink at her age, but when people get old there is no remedy. It will be the death of her in the long run."

And it certainly was the death of her. She died the next winter. About Christmas time she fell down, unconscious, in the snow, and was found dead the next morning.

And when Chicot came in for the farm, he said:

"It was very stupid of her; if she had not taken to drink she would probably have lived ten years longer."

（二）万事通先生

原著　茂姆〔英国〕

　　我生来就讨厌像基拉达这样的人，冤家路窄偏偏在这次航海中遇见了他。

　　世界大战刚刚结束，海洋上旅客交通非常拥挤。船位不容易买到，就是幸运买到了也不许你有所选择，船公司分配你到哪个房间你只能接受，自己独住一个房间是根本不可能的事。我这次航海还要感谢船公司，他们分给我一个只有两个床位的房间。但当我听到同房间旅客的名字时，我心里凉了半截。这可以预示着紧闭船窗，排除夜间的新鲜空气。在十四天的大海航行中（我是从旧金山去日本横滨的）和一个陌生人住一个房间已经够别扭的，但是，如果同房人的名字是布朗或者斯密士的话，我多少还觉得舒畅些。

　　在我到船上的时候，基拉达先生的行李早已搬上来了。我打心眼里不愿意看他这些东西，提箱上横七竖八地贴了许多封条，一个立衣箱又大得出奇。他的盥洗用具已经打开了很显然他是化妆品商店老板的好主顾，在洗脸架上放着他的香水、洗头粉，还有生发油，一把衣刷很讲究，黑檀木柄镶有姓名字首的金字，但用的时间久了，已经秃得可怜了。我真讨厌这个基拉达先生。我走进吸烟室，向船员要了一副扑克牌，开始摆起牌阵，消磨我的无聊时光，正当此时一个人走到面前，并且向我说，他想我是某某人大概不错吧。

"我是基拉达"他跟着说，微笑中露出一排发闪光的牙齿，并且坐下来。

"噢，是呀，我想我们是住在一个房间的。"

"幸运得很，我认为！你不会知道和谁住在一个房间里。"我十分高兴听说您是英国人。我是极端赞成到海外时我们英国人团聚在一起的，你明白我的意思吧。"

我眨了眨眼睛。

"你是英国人吗？"我不礼貌地问了他一句。

"那还有问题吗？你不会看我像个美国人吧？我是黑籽红瓤，地地道道的英国人，这是千真万确的。"

为了证明，基拉达先生从他的衣袋里取出了他的护照，在我面前晃了一晃。

乔治国王拥有千奇百怪的臣民。基拉达先生矮胖而且健壮，肤色黝黑——胡子刮得光光的，一个大而多肉的钩鼻子，两只发亮而湿润的眼睛；头发黑色，弯曲，不知擦了多少生发油，能滑倒苍蝇。英语说得很流利，但一听就知道不是英国人的音调，说话时姿态万变，漫无限制地打手势。假如进一步仔细检查他的护照时，你一定可以发现他绝不是浓雾弥漫英伦本土的产儿。

"你要喝什么酒？"他问我。

我怀疑地看了他一眼。禁酒令正在严厉执行，在这条船上是绝对没有酒可以买的。除非我口渴时，不然的话，姜酒甚至柠檬水都是我不喜欢的东西。基拉达向我狰狞地笑了笑。

"谷酒或者各种鸡尾酒？只要你说一句就行。"

从他的每个裤子兜儿中各钩出了一瓶酒，放在桌上由我自取，我选择了马提尼酒（一种法国酒）并且叫服务员拿来一碗冰和两只杯子。

"酒味甚佳"我说。

"好，这玩意儿多着哩，你可以告诉你朋友，这里有一个家伙他拥有世界上各种酒。"

基拉达先生是个碎嘴子，每日里剌剌不休，他谈到纽约，也谈到旧金山。他讨论戏剧，电影，也谈政治。他似乎很爱国，英国国旗对他发生很大的影响，但是我想，如果一个英国旗挥舞在一个埃及人或者黎巴嫩人手中，那么，它的尊严就消失了一大半。基拉达先生是个"自来熟"，我虽然不愿意在人前摆架子，但是我想他以一个陌生人，在称呼我的名字时，似乎不应该省掉后面的"先生"两字的，是否有意显得和我亲近呢？他就这样不拘小节了。

我真讨厌这位基拉达先生。

当他来坐时，我暂把扑克牌放到一边了。现在我觉得我们初相识的谈话已经够长了，我又把扑克牌拿起摆我的牌阵。

"把那个'三'放在'四'上"他说。

一个人玩牌时，最讨厌的事，是另外一个人来指挥你，你还没有看清是什么牌时，他已经替你安排位置了。

"来了，来了，"他喊道，"把'十'放在'钩'（杰克）（十一）上"。

我心里是又气又恨，不玩了，我把牌收拾起。但他却把牌抢了过去。

"你喜欢牌戏法吗？"

"不，我最恨拿牌变戏法"我说。

"好吧，我只叫你看看这一张"。

他拿个"三"给我看，我没有看，告诉他我要到饭厅去，安排我的座位。

"噢，那已经弄好了"他说，"我已经替你找好座位了。我以为我们既然住在一个房间，也要在一张桌子上用饭才是"。

我真讨厌这位基拉达先生。

我不仅和他住在一个房间，而且每日三餐还要和他在一张桌上用饭；

我几乎不可能自己在甲板上转一转，每次他非来打搅我不成。我简直没有办法躲闪他。他似乎不知道他是个不受欢迎的人，只以为他喜欢见你，你也喜欢见他。假如你在自己的住宅里，你可以一脚把他踹到楼下，当面把楼门摔上，他这样厚脸皮的人，也不会觉得人家讨厌他。他是很容易和人混熟的，上船没有三天，船上人几乎没有一个他不认识的。他抢着干各种事，从打扫卫生到举办义买会，凑钱买奖品，举行掷环或者高尔夫比赛，组织音乐会和化装舞会等等，他是无时不在，无处不在，我可以说他是船上最讨厌的人。我们大家都叫他"万事通先生"，甚至当面也这样叫，他丝毫不觉得这是侮辱，且认为是大家称赞他。最使人难堪的是每当吃饭的时候，在这一个钟头的时间内，大部分时间是要受他摆布的。他热心，兴高采烈，夸夸其谈，雄辩滔滔。他凡事都懂，懂得还比别人多。如果有一件事你不同意他的见解，这就损伤了他的优越感，他会和你"没完"，直到你同意他的意见为止。即或是一件无关轻重的事，他也非搬过你的脑袋不可。他绝没有他也会发生错误的感觉，他觉得他是一个无所不能的人并且是懂得透彻，万无一失的人。我们和船上医生坐在一张饭桌上，基拉达先生更是嚣张得很，因为这位医生很沉默，不大说话；我呢，对事很冷淡，漠不关心，只有一个叫做来木赛的人，也坐在一起。来木赛先生也很主观，他痛恨这个中东人的自以为是的态度，他们遇事就争辩，几乎没完没了，甚至有时用词是很恶毒的。

来木赛先生是在美国外交界服务的，他是驻神户的领事，出生在美国中西部，身体肥胖，是个"大块头"，肉松而皮紧，肚皮鼓起支着他那不合体的服装。他是在回到工作岗位的途中。他这次请假回纽约接家眷，原来妻子已独居一载，行色匆匆，来去的时间很短促。来木赛太太很美丽，娇小玲珑，姿态娴静，言谈优雅。美国在海外驻搭的外交人员，待遇并不丰厚，因此来木赛太太的装束也很朴素，但是她善于打扮，所以构成一种庄重的美。这种特点在女人中本来是很平常的，但在今天，却不多见，只是因为这个缘故，她引起了我的特别注意。你永远不会忘记她那种安静而谦逊的态度，她好像一朵鲜花，插在你的胸襟上。

有一天吃晚饭的时候，话题偶尔涉及珍珠上。报纸上连篇累牍谈到日本人培植的人工珍珠，完美无缺，几乎可以乱真，那位医生说这样天然珍珠的价格又要降落了，因为有人造珍珠和它争衡了。基拉达先生故态复萌，当然不肯放弃这个机会，他大谈特谈珍珠问题把世界上所有关于珍珠的知识几乎全部抬出来。我相信来木赛先生是不懂珍珠事务的，但在现有的事态中，他不能不向基拉达射出一箭，不到一分钟的时间他们就唇枪舌剑大杀大砍起来。我从前也看到基拉达凶狠的争辩，但从来也没见过他像今天争辩得的这样凶狠，后来，不晓得来木赛哪一句话刺到他的痛处，他用力地的猛击一下桌子喊道：

"我并不是在这里胡说八道！我就是去日本考察珍珠业务的，我从事珍珠这一行业，已有多年，凡在此行者没有不尊重我的意见的，在今天世界上所有的好珠我都赏鉴过，我未曾赏鉴的珠子那也就不足称道了"。

这里基拉达先生倒泄露了他的秘密，这位先生虽然健谈，但他从来未说到他的行业，我们仅约略知道他是去日本从事商务活动的，他向桌子四周胜利般的一瞥，说道：

"人造珠是愚弄不了像我这样的内行人的。"说着他用手指着来木赛太太项上的珠串说，"你记住我的话，来木赛太太，你那串珠子无论什么时候出售，也是值钱的，一文也少不了。"

来木赛太太如往常一样，害羞地笑了一下，把珠串推到衣服里面去。来木赛向前伸伸脖子，看看桌边人，眼睛里闪着喜悦地笑说：

"你是说来木赛太太那串珍珠吗？是吧！"

"我早就注意到了"，基拉达回答说。"嘿，我对自己说，那串珍珠真了不起。"

"当然喽，这串珠子不是我亲手买的，但是我很想知道这串珠子值多

145

少钱？"

"噢，在我们行业内部交换需一万伍千元上下，若是拿到市中心区门市上出售三万元并不算高价"。

来木赛冷笑了一下。

"你恐怕要吓一跳吧！这串珠子是我们在离开纽约那一天来木赛太太在百货公司用十八元买来的。"

基拉达涨红了脸皮。

"胡说。那不仅是天然珠，就大小来说，也是少见的。"

"你敢打赌吗？如果是真的天然珠我愿输 100 元。"

"行。"

"你不能在客观事实面前赌输赢呀，亲爱的。"来木赛太太插嘴说。

她不好意思地笑了笑，音调是有些低沉的。

"怎么不能！我要放弃这个白拿 100 元的机会，真是十足的大傻瓜"。

"但是怎样证明呢？能够凭我一句话就使基拉达先生输掉 100 元吗？"她接着说。

"让我亲手检验一下这珠串。如果是人造珠，我可以很快地告诉你，我想我还是输得起那 100 元吧！"

"拿下来，亲爱的，让这位'专家'好好看一看，怎样详细都可以"。

来木赛太太犹豫了一会儿，把手放在珠串的扣钮上。

"我拿不下来"，就像说，"基拉达先生就听我的一句话吧"。

这时，我忽然起了一种疑虑，不幸的事情恐怕要发生，但我想不出怎么说。

来木赛跳起来，"我把它拿下来。"

他把珠串递给了基拉达。这位中东商人从兜里掏出一个放大镜仔细地检查了这串珠子，一种胜利的微笑出现在他那油黑的脸上，他把珠串递回来，并且启齿欲言。猛然间他看到来木赛太太的脸色，苍白如纸看起来好像要晕倒。她用惊慌的眼睛看着他，双目直视，好像拼命地哀恳他要舌下留情。这种情况在场人大致都看得出来，但奇怪的是为什么来木赛未有察觉。

基拉达先生闭口不言了，红晕张满了全脸，你可以看出来在他内心里思想斗争得多么厉害。

"我错了"，他说，"这个人工培养珠真好，我只有用放大镜详细检查时才发现它是假的；这种玩意儿也只值十八元罢了"。

他掏出袖珍日记本来，从里面抽出一张 100 元的支票，默无一言地递给了来木赛。

"这给你上了一课，我的朋友，以后遇事不要那样武断了"来木赛拿起那张 100 元的支票说。

我看到基拉达先生的手震颤不已。

这件事当然很快地传遍全船，那天晚上他不得不忍受许多热讽冷嘲，这是"万事通先生"自己制造的一段很好的笑料。但是来木赛太太自称头痛得厉害退回到自己的房间里。

第二天早晨我起床后正在刮脸，基拉达先生还躺在那里吸烟，忽然间我听到一个摩擦声，从门缝下送进一封信，我开门一看四下无人，我拾起那封信，上面写着基拉达先生启，姓名全用正楷大写，我把信递给他。

"谁写来的？"他一边拆信说"啊！"

他从信封中拿出来的不是信而是 100 元支票，他看着我，脸又涨红，他把信封扯碎递给了我。

"劳驾，把它扔到海里去。"

"没有人自愿地去充当一个傻瓜的角色。"他说

"那些珠子是真珠吗？"

"假如我有一个年轻貌美的妻子，我绝不让她单身一人在纽约住一年

之久"他说。

此时我不再完全讨厌基拉达先生了。他拿出了那本袖珍日记本慎重地把 100 元支票放在里面。

附　录

Mr. Know All

William Somerset Maugham

I was prepared to dislike Max Kelada even before I knew him. The war had just finished and the passenger traffic in the ocean-going liners was heavy. Accommodation was very hard to get and you had to put up with whatever the agents chose to offer you. You could not hope for a cabin to yourself and I was thankful to be given one in which there were only two berths. But when I was told the name of my companion my heart sank. It suggested closed portholes and the night air rigidly excluded. It was bad enough to share a cabin for fourteen days with anyone (I was going from San Francisco to Yokohama, but I should have looked upon it with less dismay if my fellow passenger's name had been Smith or Brown.

When I went on board I found Mr Kelada's luggage already below. I did not like the look of it; there were too many labels on the suit-cases, and the wardrobe trunk was too big. He had unpacked his toilet things, and I observed that he was a patron of the excellent Monsieur Coty; for I saw on the washing-stand his scent, his hair-wash and his brilliantine. Mr Kelada's brushes, ebony with his monogram in gold, would have been all the better for a scrub. I did not at all like Mr Kelada. I made my way into the smoking-room. I called for a pack of cards and began to play patience. I had scarcely started before a man came up to me and asked me if he was right in thinking my name was so and so.

"I am Mr Kelada," he added, with a smile that showed a row of flashing teeth, and sat down. "Oh, yes, we're sharing a cabin, I think."

"Bit of luck, I call it. You never know who you're going to be put in with. I was jolly glad when I heard you were English. I'm all for us English slicking together when we're abroad, if you understand what I mean."

I blinked.

"Are you English?" I asked, perhaps tactlessly.

"Rather. You don't think I look like an American, do you? British to the backbone, that's what I am."

To prove it, Mr Kelada took out of his pocket a passport and airily waved it under my nose.

King George has many strange subjects. Mr Kelada was short and of a sturdy build, clean-shaven and dark-skinned, with a fleshy hooked nose and very large, lustrous and liquid eyes. His long black hair was sleek and curly. He spoke with a fluency in which there was nothing English and his gestures were exuberant. I fell pretty sure that a closer inspection of that British passport would have betrayed the fact that Mr Kelada was born under a bluer sky than is generally seen in England.

"What will you have?" he asked me.

I looked at him doubtfully. Prohibition was in force and to all appearance the ship was bone-dry. When I am not thirsty I do not know which I dislike more, ginger ale or lemon squash. But Mr Kelada flashed an oriental smile at me.

"Whisky and soda or a dry martini, you have only to say the word."

From each of his hip pockets he fished a flask and laid it on the table before me. I chose the martini, and calling the steward he ordered a tumbler of ice and a couple of glasses.

"A very good cocktail," I said.

"Well, there are plenty more where that came from, and if you've got any friends on board, you tell them you've got a pal who's got all the liquor in the world."

Mr Kelada was chatty. He talked of New York and of San Francisco. He discussed plays, pictures, and politics. He was patriotic. The Union Jack is an impressive piece of drapery, but when it is nourished by a gentleman from Alexandria or Beirut, I cannot but feel that it loses somewhat in dignity. Mr Kelada was familiar." I do not wish to put on airs, but I cannot help feeling that it is seemly in a total stranger to put "mister" before my name when he addresses me. Mr Kelada, doubtless to set me at my case, used no such formality. I did not like Mr Kelada. I had put aside the cards when he sat down, but now, thinking that for this first occasion our conversation had lasted long enough, I went on with my game.

"The three on the four," said Mr Kelada.

There is nothing more exasperating when you are playing patience than to be told where to put the card you have turned up before you have had a chance to look for yourself.

"It's coming out, it's coming out," he cried. "The ten on the knave."

With rage and hatred in my heart I finished.

Then he seized the pack.

"Do you like card tricks?"

"No, I hate card tricks," I answered.

"Well, I'll just show you this one."

He showed me three. Then I said I would go down to the dining-room and get my seat at table.

"Oh, that's all right," he said. "I've already taken a seat for you. I thought that as we were in the same state-room we might just as well sit at the same table."

I did not like Mr Kelada.

I not only shared a cabin with him and ate three meals a day at the same table, but I could not walk round the deck without his joining me. It was impossible to snub him. It never occurred to him that he was not wanted. He was certain that you were as glad to see him as he was to see you. In your own house you might have kicked him downstairs and slammed the door in his face without the suspicion dawning on him that he was not a welcome visitor. He was a good mixer, and in three days knew everyone on board. He ran everything. He managed the sweeps, conducted the auctions, collected money for prizes at the sports, got up quoit and golf matches, organized the concert and arranged the fancy-dress ball. He was everywhere and always. He was certainly the best haled man in the ship. We called him Mr Know-All, even to his face. He took it as a compliment. But it was at mealtimes that he was most intolerable. For the better part of an hour then he had us at his mercy. He was hearty, jovial, loquacious and argumentative. He knew everything better than anybody else, and it was an affront to his overweening vanity that you should disagree with him. He would not drop a subject, however unimportant, till he had brought

you round to his way of thinking. The possibility that he could be mistaken never occurred to him. He was the chap who knew. We sat at the doctor's table. Mr Kelada would certainly have had it all his own way, for the doctor was lazy and I was frigidly indifferent, except for a man called Ramsay who sat there also. He was as dogmatic as Mr Kelada and resented bitterly the Levantine's cocksureness. The discussions they had were acrimonious and interminable.

Ramsay was in the American Consular Service and was stationed at Kobe. He was a great heavy fellow from the Middle West, with loose fat under a tight skin, and he bulged out of this really-made clothes. He was on his way back to resume his post, having been on a flying visit to New York to retell his wife who had been spending a year at home. Mrs Ramsay was a very pretty little thing, with pleasant manners and a sense of humour. The Consular Service is ill-paid, and she was dressed always very simply; but she knew how to wear her clothes. She achieved an effect of quiet distinction. I should not have paid any particular attention to her but that she possessed a quality that may be common enough in women, but nowadays is not obvious in their demeanour. You could not look at her without being struck by her modesty. It shone in her like a flower on a coat.

One evening at dinner the conversation by chance drifted to the subject of pearls. There had been in the papers a good deal of talk about the culture pearls which the cunning Japanese were making, and the doctor remarked that they must inevitably diminish the value of real ones. They were very good already; they would soon be perfect. Mr Kelada, as was his habit, rushed the new topic. He told us all that was to be known about pearls. I do not believe Ramsay knew anything about them at all, but he could not resist the opportunity to have a fling at the Levantine, and in five minutes we were in the middle of a heated argument. I had seen Mr Kelada vehement and voluble before, but never so voluble and vehement as now. At last something that Ramsay said stung him, for he thumped the table and shouted:

"Well, I ought to know what I am talking about. I'm going to Japan just to look into this Japanese pearl business. I'm in the trade and there's not a man in it who won't tell you that what I say about pearls goes. I know all the best pearls in the world, and what I don't know about pearls isn't worth knowing."

Here was news for us, for Mr Kelada, with all his loquacity, had never told anyone what his business was. We only knew vaguely that he was going to Japan on some commercial errand. He looked round the table triumphantly.

"They'll never be able to get a culture pearl that an expert like me can't tell with half an eye." He pointed to a chain that Mrs Ramsay wore. "You take my word for it, Mrs Ramsay, that chain you're wearing will never be worth a cent less than it is now."

Mrs Ramsay in her modest way flushed a little and slipped the chain inside her dress. Ramsay leaned forward. He gave us all a look and a smile flickered in his eyes.

"That's a pretty chain of Mrs Ramsay's, isn't it?"

"I noticed it at once," answered Mr Kelada. "Gee, I said to myself, those are pearls all right."

"I didn't buy it myself, of course. I'd be interested to know how much you think it cost."

"Oh, in the trade somewhere round fifteen thousand dollars. But if it was bought on Fifth

Avenue shouldn't be surprised to hear that anything up to thirty thousand was paid for it."

Ramsay smiled grimly.

"You'll be surprised to hear that Mrs Ramsay bought that siring at a department store the day before we left New York, for eighteen dollars."

Mr Kelada flushed.

"Rot. It's not only real, but it's as fine a siring for its size as I've ever seen."

"Will you bet on it? I'll bet you a hundred dollars it's imitation."

"Done."

"Oh, Elmer, you can't bet on a certainty," said Mrs Ramsay.

She had a little smile on her lips and her tone was gently deprecating.

"Can't I? If I get a chance of easy money like that I should be all sorts of a fool not to take it."

"But how can it be proved?" she continued. "It's only my word against Mr Kelada's."

"Let me look at the chain, and if it's imitation I'll tell you quickly enough. I can afford to lose a hundred dollars," said Mr Kelada.

"Take it off, dear. Let the gentleman look at it as much as he wants."

Mrs Ramsay hesitated a moment. She put her hands to the clasp.

"I can't undo it," she said. "Mr Kelada will just have to take my word for it."

I had a sudden suspicion that something unfortunate was about to occur, but I could think of nothing to say.

Ramsay jumped up.

"I'll undo it."

He handed the chain to Mr Kelada. The Levantine look a magnifying glass from his pocket and closely examined it. A smile of triumph spread over his smooth and swarthy face. He handed back the chain. He was about to speak. Suddenly he caught sight of Mrs Ramsay's face. It was so white that she looked as though she were about to faint. She was staring at him with wide and terrified eyes. They held a desperate appeal; it was so clear that I wondered why her husband did not see it.

Mr Kelada stopped with his mouth open. He flushed deeply. You could almost see the effort he was making over himself.

"I was mistaken," he said. "It's a very good imitation, but of course as soon as I looked through my glass I saw that it wasn't real. I think eighteen dollars is just about as much as the damned thing's worth."

He took out his pocket book and from it a hundred-dollar bill. He handed it to Ramsay without a word.

"Perhaps that'll teach you not to be so cocksure another time, my young friend," said Ramsay as he took the note.

I noticed that Mr Kelada's hands were trembling.

The story spread over the ship as stories do, and he had to put up with a good deal of chaff that evening. It was a fine joke that Mr Know-All had been caught out. But Mrs Ramsay retired to

her state-room with a headache.

Next morning I got up and began to shave. Mr Kelada lay on his bed smoking a cigarette. Suddenly there was a small scraping sound and I saw a letter pushed under the door. I opened the door and looked out. There was nobody there. I picked up the letter and saw that it was addressed to Max Kelada. The name was written in block letters. I handed it to him.

"Who's this from?" He opened it. "Oh!"

He took out of the envelope, not a letter, but a hundred-dollar bill. He looked at me and again he reddened. He tore the envelope into little bits and gave them to me.

"Do you mind just throwing them out of the porthole?"

I did as he asked, and then I looked at him with a smile.

"No one likes being made to look a perfect damned fool," he said.

"Were the pearls real?"

"If I had a pretty little wife I shouldn't let her spend a year in New York while I stayed at Kobe," said he.

At that moment I did not entirely dislike Mr Kelada. He reached out for his pocket book and carefully put in it the hundred-dollar note.

第三章 诗 22 首

平生有两好，一诗一美人，
美人不可得，朝夕但咏吟。
烟能耗吾财，酒能伤吾身，
惟有一卷诗，时时皆可亲。

偶　成

年来无事不新颖，施政"友邦"确不同[①]；

土药香闻十里外[②]，木屐响彻九城中；

门悬黄榜姓名贵[③]，车插白旗旭日红[④]；

更有沿街冰棍好[⑤]，卫生败火逞喉咙。

作于 1938 年日军占领北平时

注释：

① 日本军阀侵略中国时，自称为"友邦"，对伪满称为"亲邦"。

② 日侵略军毒化中国人民，鸦片公卖，在西单开设大烟馆，名曰"十里香"。

③ 侵略军为便于检查，入城后，令每户人家，削木为短牌，书姓名其上，悬于门外。

④ 无耻汉奸，丧心病狂，甘心为虎作伥，插日本太阳旗于三轮车上，狐假虎威，招摇过市。

⑤ 中国从前只有冰淇凌，自日本入侵后，始创行冰棍，上海叫冰棒，东北叫冰菓。当时北京市内，小贩叫卖"卫生败火"的呼声，充塞街巷。

苦　风

　　"某日大风，黄尘蔽日，天地昏冥。余对内子曰："在此大风天，去澡堂洗澡，浴罢吃涮羊肉，晚上邀友人数辈作竹林游（打麻将），可寻一时快乐也。"内子曰："现在战火弥漫，举国水深火热，纵有闲情，安能畅怀？"余闻之，顿觉伤悲，为之欷歔者再。因记以诗。"

　　　　　　黄尘蔽日一天风，浴罢清池意气冲；
　　　　　　双箸齐飞春酒绿^①，四人对坐晚灯红^②；
　　　　　　朵颐称快肥薄嫩，圣手不空白发中；
　　　　　　兴尽搴帷覆首睡，醒来希见日东升。

　　　　　　　　　　　　　　　作于 1940 年春三月

注释：

① 第三句和第五句，都说的是"涮羊肉"，羊肉片以肥薄嫩为上品。
　朵颐：咀嚼也。
② 第四句和第六句，都说的是"打麻将"，竹战之戏要四人参加，
　白发中指白板、发财、红中乃麻将的三张"王牌"也。
③ 结尾两句是"安得中山千日酒，瞑然直到太平时"之意。

溺苦于诗

平生有两好，一诗一美人①，美人不可得，
朝夕但詠吟。菸能耗吾财，酒能伤吾身，
惟有一卷诗，时时皆可亲。愁来开胸臆，
倦后舒精神，安心与养骸，可比苓共葆，
展卷鱼得水，挥毫鸟入林，但觉兴勃勃，
不知岁骎骎。此意难为说②，请君自来寻。

注释：

① 美人不仅指女性，诗中的美人亦指有贤德的君子。

② 中国诗要创造幽美的意境，并以高妙的手法写出之，读之能"沁人心脾"使人"不知手之舞之，足之蹈之"，方为佳作。创作者只能于体会及文学修养中求之，很难以一定法规绳之。中国数千百年来，诗人只能在《诗话》中谈心得，谈体会，绝无可供依据之诗法也。

南湖游

南湖一日一回游①，堤畔篱边处处留；

自歎屈原吟楚泽，人疑白傅贬江州②；

春随芳草冉冉去，愁似洪波滚滚流；

极目燕云魂几断③，是酸是苦在心头？

作于 1949 年 3 月

注释：

① 南湖指长春市南岭附近之湖。1949 年 3 月北京解放后，奉命赴东北学习，课余常偕友人在湖边散步。

② 解放初期，对社会主义制度了解不够，满腹疑虑，见于词句。

③ 赴长春学习时，只身前往，仅携幼女一人，家属留居北京，彼时关内外交通不畅，泉制亦异，思家情绪，萦绕心头。

赴 试

行年五十尚称童①，万卷罗胸愧此生；

来赴秋闱为建设，夙将敝屣视功名；

秋风悽厉吹人冷，佳菊灿烂照眼明；

如果孙山真落第，烟波看我一舟横。

作于 1950 年 10 月 1 日

注释：

① 童：童生也，昔时，应童子试者称童生，尚未入学也，我今年五十犹应童子试，有志言之。

初至正定

1955 年秋末，中央财政干部学校，以支援地质部为名，派我赴正定地质部干校任课，实际是驱我出京也。我心情悒郁，在初至正定（当时地质部干校所在地）时，作此诗。

人生五十已无欢^①，北辙南帆绝可怜；
天地无私偏误我，春秋有限待何年？
来游败瓦颓垣地^②，正值寒风酿雪天^③；
满目凄凉满腹怨，临毫那得不潸然！

注释：

① 我离京时，年已五十有四，年下渐老，心绪酸辛，辗转各地，倍觉凄凉。

② 正定古常山地也，距石家庄三十华里，解放初期建设尚未开始，断壁残垣，触目皆是。

③ 秋末冬初，在到达之时，正值阴云密布，北风呼啸，益增我离索之感。

登揖山亭

正定城内，有揖山亭，据云，登此亭可望见北岳恒山；余登此亭，纵目四望，不见有山，故有此诗之作，但主要思绪，还是触景伤情，戚戚不宁耳。

亭号揖山不见山，乡园回首隔重关；
恼人羁旅愁无限，天意何时放我还？

和史家某重九感兴

侧身人海叹无家，伏枕愁听塞上笳；
风雨满城怀故友，荆棘遍地羡黄花；
史鱼直笔难赓续，新莽伪经惹怨嗟；
独对高秋倍惆怅，盈头霜雪为谁加。

作于 1956 年 1 月

题舌画竹

友人的岳父，能以舌舔墨画竹，并曾呈献毛主席。偶然谈及，命余题诗宣意，此余惟一的题画诗也。

舌底生莲自古无，君看我把一竿塗；
盘根错节寻常事，独立秋风是丈夫。

曲阜谒孔林

　　自共产主义盛行中国，孔道始衰，曩所谓"道冠古今""万世师表"的孔子，亦不得不蜷伏于马克思列宁之下，亲谒丛祠，意趣索然，诗以祀之，时 1958 年 2 月也。

　　　　圣道陵夷事可伤，我今千里拜门墙；
　　　　发扬四海皆兄弟，存述三五旧典章；
　　　　来路但听松谡声，党人谁不意洋洋？
　　　　孟荀不作韩欧绝，独对荒宇泪满裳。

无 题

一个零丁孤苦身，近来只有病魔亲。

寒霄冷雨孤灯侧，凄绝天涯落魄人。

无端平地起风波，怅望家山可奈何。

一首新诗两行泪，算来诗少泪痕多。

西风吹梦到天边，绝地腾驰路几千。

一枕醒来人已逝，镫前只有恨绵绵。

白发多情逐日亲，此生恍是半衰人。

他年愿作空门友，好证前身清净因。

"大跃进"歌

跃进有动力，其名惟曰逼，既攫政治权，复掌经济基，
人身无保障，谁能免苦役？大鬼发号令，小鬼施鞭笞，
苟有一言违，惩罚顷刻至，重者入鼎镬，轻者断衣食，
亦有坐监牢，亦有流荒鄙，杀一以儆百，无人敢再试，
即以斗争言，有谁能持气？好话述千言，反复无一是，
众口能铄金，十手所共指，纵有贲霄勇，到此能无惧？
有口不能说，有目不能视，低头如新妇，丧面如孝子，
天下亿兆民，几乎人共弃，父不敢为子，兄不敢为弟，
纵含不白冤，亦须加控诉，是谁为此恶？有力在控制，
不按指示行，转眼株连及，天高不可攀，地厚无处匿，
悽惨铁幕后，千载难见日，既成釜中鱼，亦如锅上蚁，
哀哀此蒸民，牛马竟荡世！

夜九时、曲阜

谁张铁幕降人寰，迷路羔羊入鬼关，

杀气腾腾遮明月，愁云黯黯满江山，

饥寒敢怨衣食苦？老病深知岁月艰，

天帝无心施济水，下民空自泪斑斑。

感赋 1958 年 8 月 16 日

烈日下，冒暑赴校，途中有作

嗟吾苦行役，劳劳苦此身，只为五斗米，来作折腰人，

朝出日未明，晚归夜已沉，喧欨声嘈嘈，苦坐思惛惛，

踽踽聪明减，老病犹患深，是谁为此亟？只叹生不辰，

长夜何漫漫，思之一怆神。

作于 6 月 16 日

无　题

无肉真成佛教国，多愁都是断肠人。

自　嘲

老子平生居苦县，世间何处有甘泉。

无求便是安心法，不饱真为却病方。

大跃进赞歌

1962 年元旦献辞，试效毛主席《送瘟神》笔意。作七律两首。

（一）

华族千年号睡狮，而今噩噩復蚩蚩；

神州受制倭人国，大地横驰碧眼儿①；

惴惴惊心闻凄楚，离离满目见疮痍；

兴邦志士忧时者，怅望西天②有所思。

（二）

东方升起太阳红，万首齐瞻毛泽东；

基建风驰与电掣，科研霞蔚又云蒸；

婴倪③黄口添欢色，衰朽苍颜有笑容；

更有工人力量大，入山擒虎海擒龙。

注释：

① "碧眼儿"指白种人。

② "怅望西天"即向西方寻求真理之意。

③ "婴倪之子"是幼儿。

济南知识分子会议席上

苍颜皓首共登堂，耆宿文星家国光^①；
询及刍荛若谷虚^②，献来芹曝^③见心长；
齐心反帝声威壮，自力更生骨气强；
生聚十年兼教训^④，红旗遍插太平洋。

注释：

① 乃邦家之光，非闾里之荣也。

② 领导人虚怀若古，询及刍荛。

③ 献芹献曝言与会者，竭尽智虑供献意见。

④ 此句借用越王勾践事，说明建设社会愤发图强。

元月二十四日离济

自从理棹入桃源，歌舞楼台非世间，
未了尘缘出洞去，回头长忆烂柯山。

赠高晋生

宣南昔日记同游，五十年来两鬓秋；
逐鹿中原看混战①，登龙文化学西欧；
阴阳我信有真理②，成败谁能与定谋③；
齿豁头童何所愿？颐和园畔且勾留。

注释：
① 逐鹿中原指北洋军阀混战时期。
② 晋生邃于易理，著有《易经大传》等书。
③ 我尝想解说古经，宜申原旨，不可用今意释古书。

解 放

在文化大革命时期，余受冲击，幽闭"牛棚"中达三年之久，1970
年始获"解放"。

> 星霜三易铁窗间，失喜今朝放我还[①]；
> 脱罾鱼游始圉圉[②]，归林鸟语已关关；
> 骋怀[③]此后惟樽酒，埋骨他年有故山；
> 抛却兴亡家国事，哦诗何处不开颜？

注释：

① 诗曾附小序云："予以诗贾祸，被揪三年，绝口不吟。今日喜获
'解放'，旧技复痒，爰成七律一章，不知其再为冯妇也！"

② 《孟子》"有馈生鱼与子产者，子产使校人蓄之池。……曰：始
舍之圉圉然，稍则洋洋然，悠然而逝。"

③ "骋怀"即舒畅心情之意。

赠陆亲家

七十谁能锄尚荷①，精神此老健于驼②；
宫商古调知音少③，马列群经领会多；
笔下文章几魁首，世间真理自长河④；
登山临水衰迟事，悦耳寰宇国际歌。

注释：

① 陆系小学教育专家，共产党员，时下放从事农业劳动。

② 驼能任重致远。

③ 陆老善弹古琴，成稀世绝调。

④ 用《实践论》的论断。

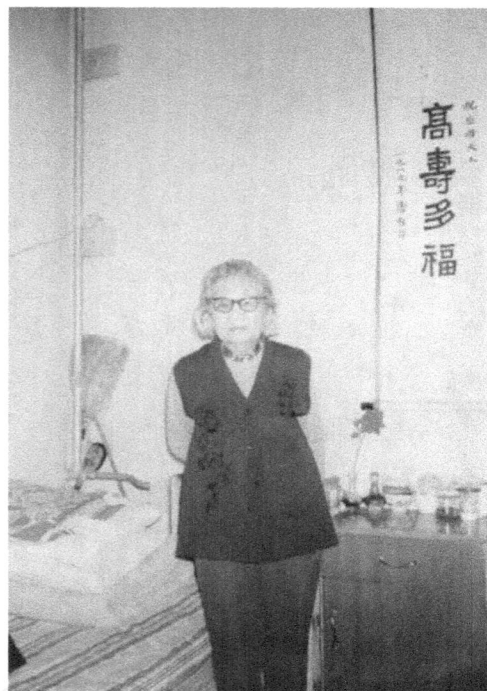

母亲 90 岁在北京家中

1982 年父亲与之琳在北京家中

1988 年 5 姐妹与母亲在月坛公园

母亲 90 岁生日全家合影

北京西栓马桩旧居大门

四叔明裕与之琳在西安，左为刘鑫之孙

2011 年马磊、唐普两家回国时合影

181

1989 年夏，母亲与外孙女唐奇志

从左至右(前)之琳 母亲 马磊 之瑷(后)邱榕 王红 张姿 刘可，照于 1994 年

第四章 手迹

物竞天择识造化　文争武斗见生平

自传提纲（一）

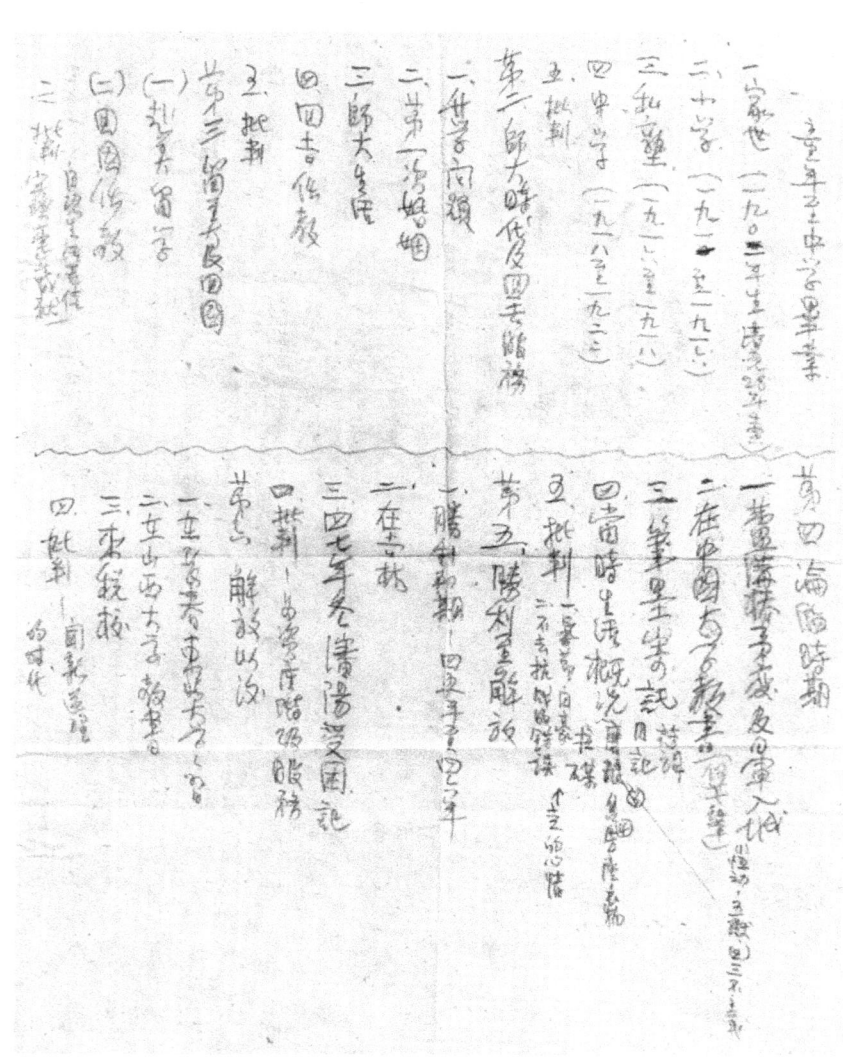

自传提纲（二）

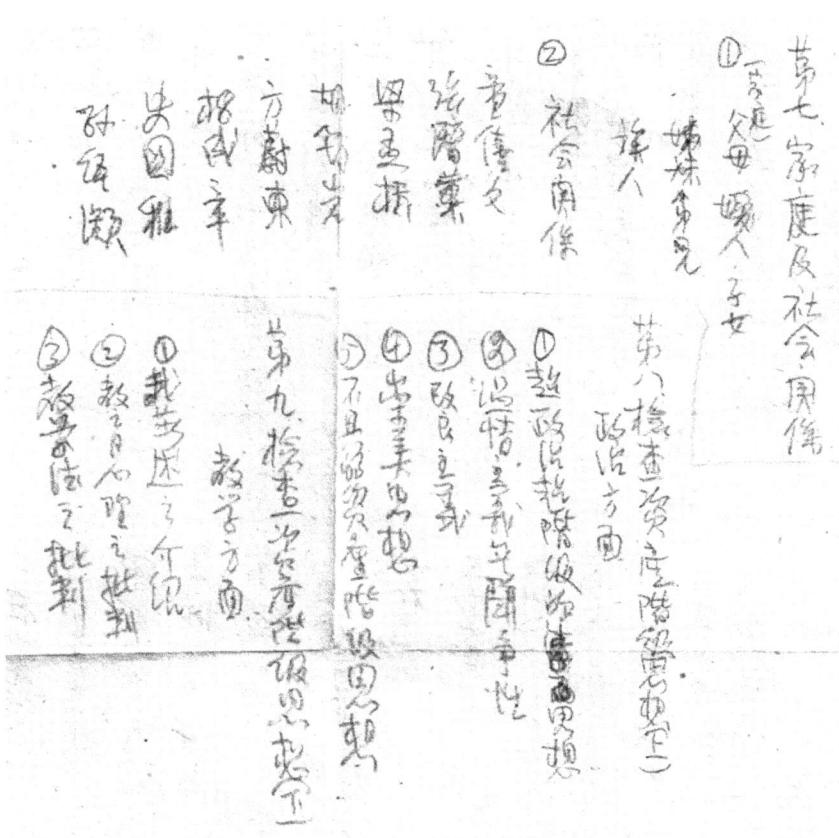

思想汇报（一）

寻找个人跃进的关键　　刘旺樾

在乡里开了几天寻找跃进关键的大会，给了我许多启发和教育，我体会到要想解决跃进的问题，必须首先找到阻碍跃进的关键，也就是寻求矛盾，解决矛盾向前跃大进，抓不住主要矛盾，找不到问题关键，只是盲目地向前猛闯，横冲直奔，是得不到好进的。

乡里在党总支领导下，发动全体党员寻求关键，在学习八届八中全会文件的基础上，又发动了乡里全体教师开动脑筋寻求阻碍跃进的关键，在奋战了几天之后，终于找到了"中游思想"是我们乡里当前的主要矛盾，是教师们在跃进的道路上一块绊脚石，因此，全体工作人员，下定决心，猛攻中游思想，火烧中游思想，务必把这个阻碍跃大进的关键打开，掀起更大的跃进，持续的跃进的热潮。

我个人在这个热火朝天的运动中，受到启示，也严肃地把自己的思想检查了一番，寻求阻碍我个人跃进的关键所在，我觉得我的问题主要在"自卑感这"思想包袱"上，我时々觉得我的理论水平不高，正确的立场和观点没有稳固地树立起来，在大的问题上虽然，还不致於迷失方向，但一遇到细緻的问题，精密的问题，就把握不定什么是正确的，什么是不正确的？因此，就迷离茫惑，摇摆不定，瞻前顾后，不敢迈大步，像"小脚女人"一样，不用说迈大进，就是正常的向前行进也慢慢下来，例如在教学上，有时对某一个问题不知道什么是正确观点？这就不得不紧々地依靠书本，向书上查查找，书上怎样讲，我就怎样讲，不过有时某个问题在书本上查不到，或者是偶然，查到了，但是理由不透，这时就

思想汇报（二）

遇到无法解决的困难了，所以这个"有车之学"的办法，也不是根本解决问题的办法，问题解决了，就不得不暂时停止下来，这当然就阻碍了生产。

在政治学习上发表的意见也同样地受到自卑感的障碍。对于某一个问题自己没有固定的见解，因为拿不定怎样是正确的，就不敢把自己的意见固定起来，有时听了别人的意见，觉得某一意见"言之有理"，而且多数人对这个意见支持，那么它就变成了我的意见，我就认为这是正确的意见了。但是，有时对别人的意见理解的不正确，误会了别人的意见，所以在别人说出时是正确的，到我的口里又变成不正确的了，这事也是常之有的。

因为自己不确知什么是正确的见解，所以就不敢坚持自己的意见，有时自己发表了一个意见，没有反应，自己反觉得有些"安帖"，因为这个意见大概不是错误的，自己有些放心了。如果意见发表后，马上遭到反驳，我立刻觉得我的意见是错了，马上放弃我的意见，採纳别人的意见，这种"舍己从人"的态度，看来好像虚心。实际是没有主见，自卑心理的表现，因为不敢坚持自己的意见和别人辩论，别人说东就是东，说西就是西，有时自己的意见也会被人误解了，和本来的意思不相符合的。

在教学上和学习上是如此，在工作上也是如此，因为怕犯错误，所以就不敢进大步，缩手缩脚，畏首畏尾，在工作上仅能维持现状，完成任务取了了显著的成绩，出现不了圈大的跃进。

我挖掘了一下根源，还是没有树立无产阶级的人生观，没有勇往直前的大无畏精神，还是只考虑个人得失的个人主义；在那里作崇，怕犯错误，怕挨批评。救治的办法只有加强马列主义毛泽东思想的学习，掌握辩证法，用阶级观点去分析问题，在党委领导下，从实践中锻炼自己，逐步地清天资产阶级思想，树立无产阶级立场和观点。

父亲的一封信件手迹

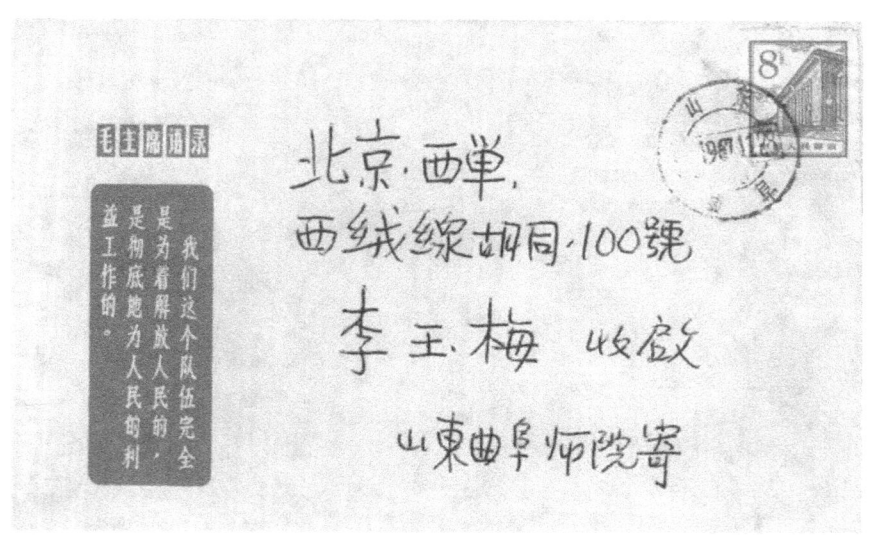

玉梅：寄来的信件和邮包都已收到，计有玉瑞一信缺信箸一封。玉瑞寄来《主席著作》一本（内有《民主义编第四篇），邮色大小各一，大的有块画，我丝笔，小的笔就肉黄油。前天还收到玉瑞寄来的《文化革命学习资料。这些资料很好，读后知道中央领导同志的意向，并运动进展情况。不过把这些材料都寄到这里，你们学习时用什么？如果你们需要时，我还可以把它们寄回去。寄来的英文字典也正是我所要的，我很怕它记错了，是《袖珍》不是《简明》，那里还编有一本字典叫作《英美大词典》，时代出版社出版，内容很多，我在家时常用它，以后被人拿走，玛丽那里有一本，要拿回来以后我用。

《主席著作》和《民主义》两本，其精质应来尽有，《选集》有两本，一本带塑料皮，外边有人携带。《毛选》包括我要学习的资料，都已找到叶大第二后边所指定的笺管，和这些玉瑞所寄的我全有，已经学过些遍，内容大体已掌握。

屡次寄来食物，这次又寄来肉卷和黄油，我说不要寄了，以后我要的东西再寄，不要过多寄。比如黄油吧，是我爱吃的，但是必须抹在面包上，这里的黑面馍才抹上黄油，否则也不美，倒把黄油糟糕了，面包又不能寄，寄到这里就成了面包干了，寄东西不能保证完整，这次寄的精蜜都撒了，"灵芝"也不必寄，它是瓷的，在邮递中一定碎破，反而损坏了，这里也没有卖的，晚上被内还凉些，但是没有好办法可想，只好"安眠"一些吧，要发扬"不怕苦"精神。

读了之琳的信，使我神经紧张起来。我这次的问题，究因多"记忆有错"把旧诗稿丢掉的缘故。平心而论，我对于现社会的某些问题有不同的看法，但对社会主义的道路还是坚决要走的，对于公有制度还是拥护的。说我反党反社会主义，这是有些过分的。我是旧知识分子，世界观（无产阶级的）没有建立起来，这是事实。笼统说"要兴波作浪"是万万不可能的，这些事实家里人都了解，之琳更应该清楚，所以这次我的问题之琳要有一定的看法，才可以"两全其美"。因我的问题而使你们蒙受"黑七类""狗崽子"等不光荣的称号这是我很抱歉的。但是"出身论"已经受到批判。陈伯达在总结文化大革命两月以来的经验时曾指出这是"剥削阶级的血统论"这种谬论是别有用心的人鼓吹的。因此，只要自己要强，成为"自觉之"是可以不受影响的。我也时刻想到和你们在思想上划清界限，但是在感情上我是不可能的。现在我一人在此，精神十分苦闷，唯一的安慰就是家中一点信息，如果真的都和我划清界限把我孤立起来，我就要走出路了。近来这里信件已不检查了，他们以前拿过我的信，但后来觉得不合法，又自动地退给我，并未开封。因此，信在这里是不会暴露的，可以少担心。以后写信，可用你妈妈的名字，笔迹要重些，有事就说你妈妈的自己问题，或者你替你妈写信也好。你妈岁数大，精神又受了打击，写信总是很痛苦的，你们写信可以多写些。

十一月九日　日光

这毛笔这是父亲给田家英同志的第二页，因没有年份，我估计是1967年底吧。这毛笔信，我保存至今，读了无数遍，每读到这封信父亲因自己受到批判，古稀之年还要"劳动改造"，承受了身心的摧残，而我却自私地只想到对我们影响何况我抬不起头来，而时怨言 — 毛于，我给田家英同志中写了什么内容，我已不能记起。每当想起，我真想痛哭一场，大声地告诉父亲是我要抱歉，是我少不更事，不理解父亲内心的挣扎与敖煎，反而毫徒刺痛那颗飞隐受伤的心。

爸爸，原谅我吧！

之林

还要向仪帧们道歉:

写给之琳的信

你来信的询问，先简单一下，如果我生病的那年之间能见回家的话，你就不必来；等不到回你行期有空，再做出决定。

之琳：廿五日信收到，报告你已经分配到延安。现在既已定局，马有接受下来，好好地为人民之义服务。延安是革命圣地，你此次能光荣地到那里去工作也是党的特别关照。你去年春联时曾去过一次，也不很生疏了。

你们学校之分配去的四个人都是谁？女的几生人，男的几人？有平时感情比较好的朋友没有？你初次个人在外生活，需要有互相帮助的同志，如果同行的有这样人，那更好，如果没有，要有选择地交几个朋友。

你二姐在铁道医生学校毕业后到"大六瑶"去工作时，才十来岁，内蒙边疆地区，比延安还荒僻，但她工作的很好，后来调回北京。你现在比她的年岁大，延安又是国家重点建设地区，所以我倒是很放心（你妈我想也是这样）。不过我和你妈都近七旬，你长期远居在外，不能不使人怀念。偶也想起陆放翁的"送子超吉州诗"："我老汝远征，知汝非得已，离别正不能止"。我现在心情恰有似之。不过非昔比，为建设国家，我们要不惜作为牺牲要"牛牛"才是。

延安离西安很近，有事万难回叔商量，四叔性蔼祥经事多，比我才智高，遇事是可以依赖的。去延安读从西安乘车也必要要见到这不是打扰而是联系我们的家族关系。

曲阜的运动现在还未联合起来，正在批判中国赫鲁晓夫的修养哲学和斗争大表现，前些时有个接线跑掉现已捉回斗争坦露。

李李平的菜已在济南买到，托地的亻之铁路带回来；

父示 廿六日。

赠陆亲家

七十誰能锄尚荷？精神此老健為驼。（一）
空高古调知音少，馬列群经领会多
筆不文章戈魁首，世向真理自長河（三）
登山臨水豪运事，悦耳震球国际歌。
七二年二月　赠
陆親家

（一）駝能任重致远。
（二）見主席可实践论："可因而又绝对真理
的長河中，人们对于在各个一定发展阶段上
的具体过程的认识只有相对的真理性。
……并以没有结束真理。
……在实践中不断地开辟认识真理的道路。"

诗稿《解放》

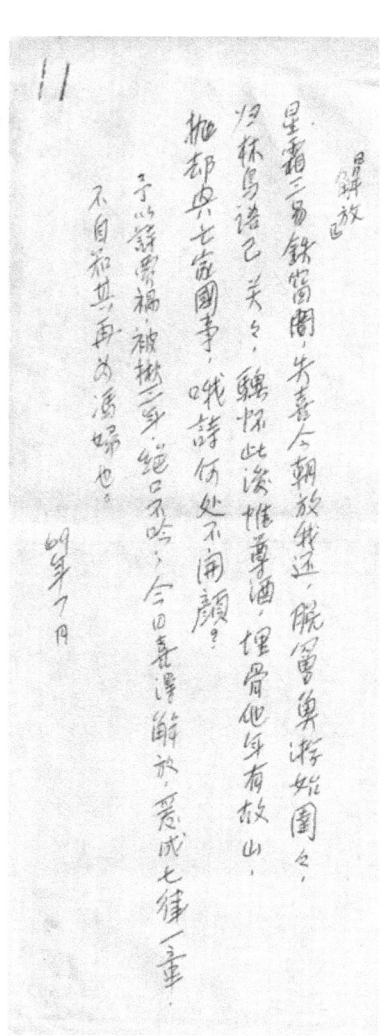

父亲写给兴太老师的信（一）

父亲写给兴太老师的信（二）

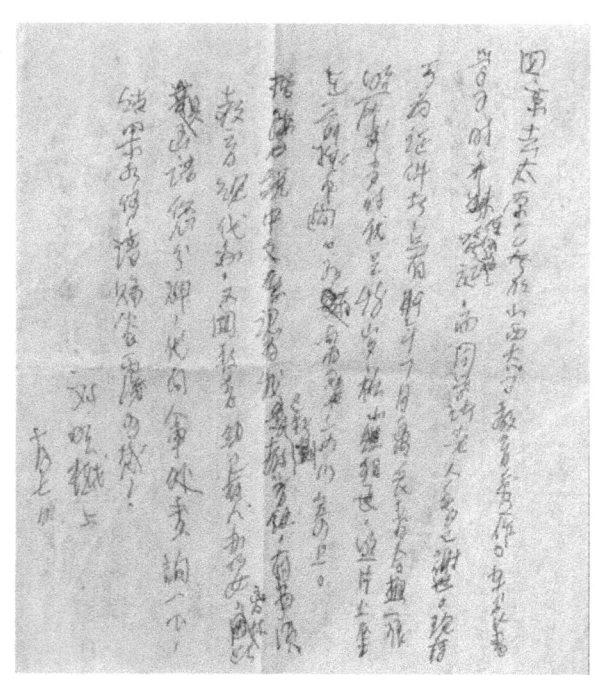

为小融融题诗——官伯伯绘耗子土鳖图

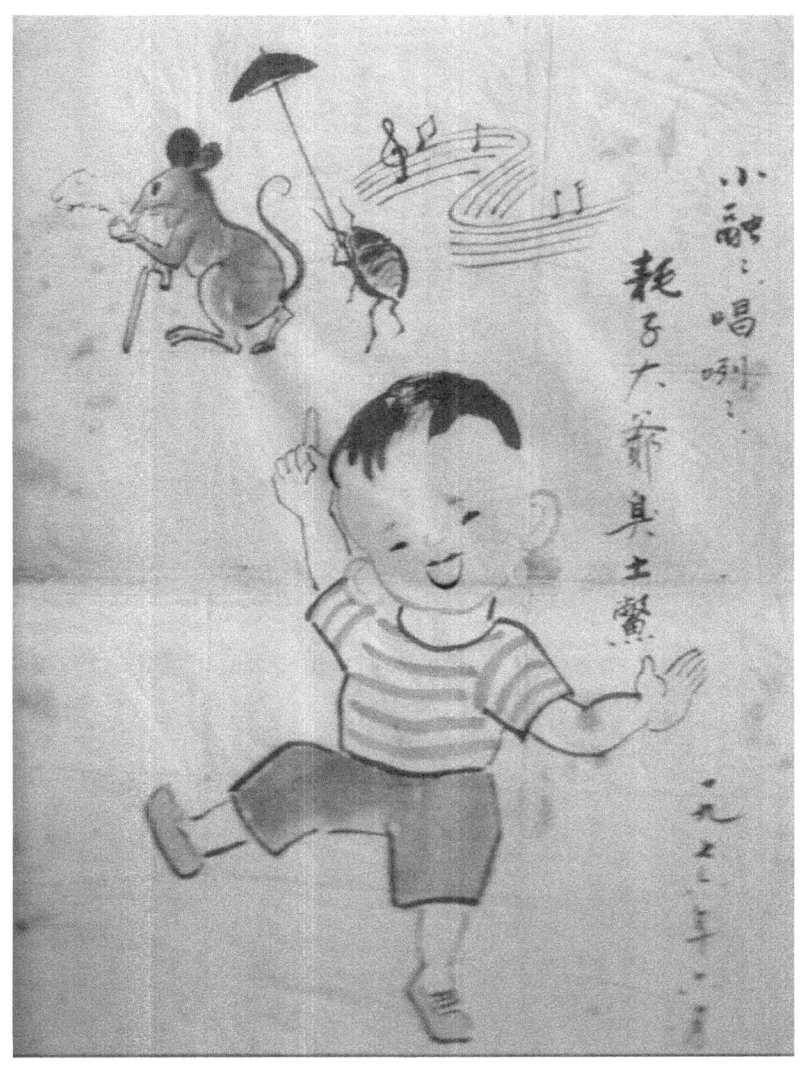

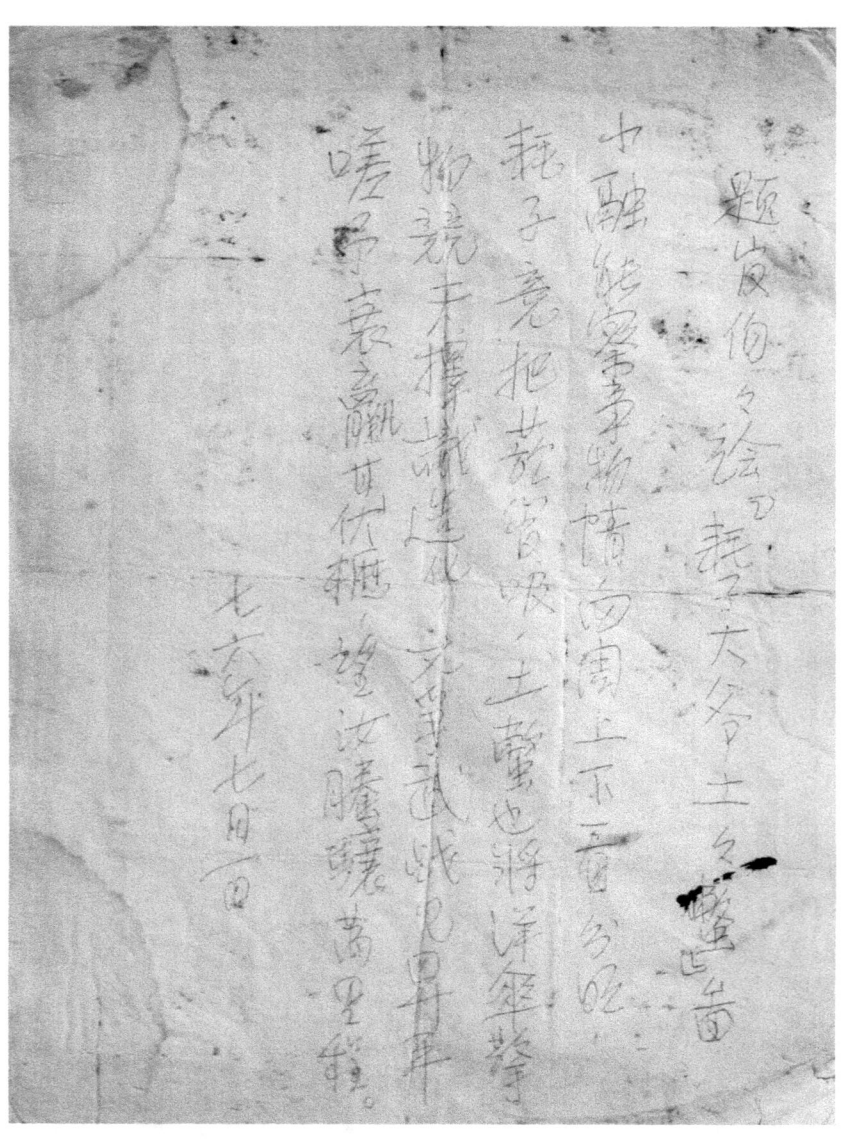

父亲原题诗手迹

情明擎化平穩程
物分管傘造昇伏里
事看烟洋識見甘萬
察下把將擇戰贏讓
能上竟也天武衰騰
融周子蟹競爭予汝
小四耗土物文嗟望

題官伯乡繪耗子土蟹圖.
一九七六年七月一日. 小融三岁, 官伯乡繪
耗子土蟹画、以助小融唱樂游戏.
颇有兴趣！一九八四年觅到.
書贈小融保留. 　　外祖母李玉梅

母亲书写手迹

抄写陆放翁诗两首

父亲 1967 年抄录陆游诗二首，当年父亲 65 岁，
与陆游年龄相仿，心境相似，有感而书

病中绝笔（一）

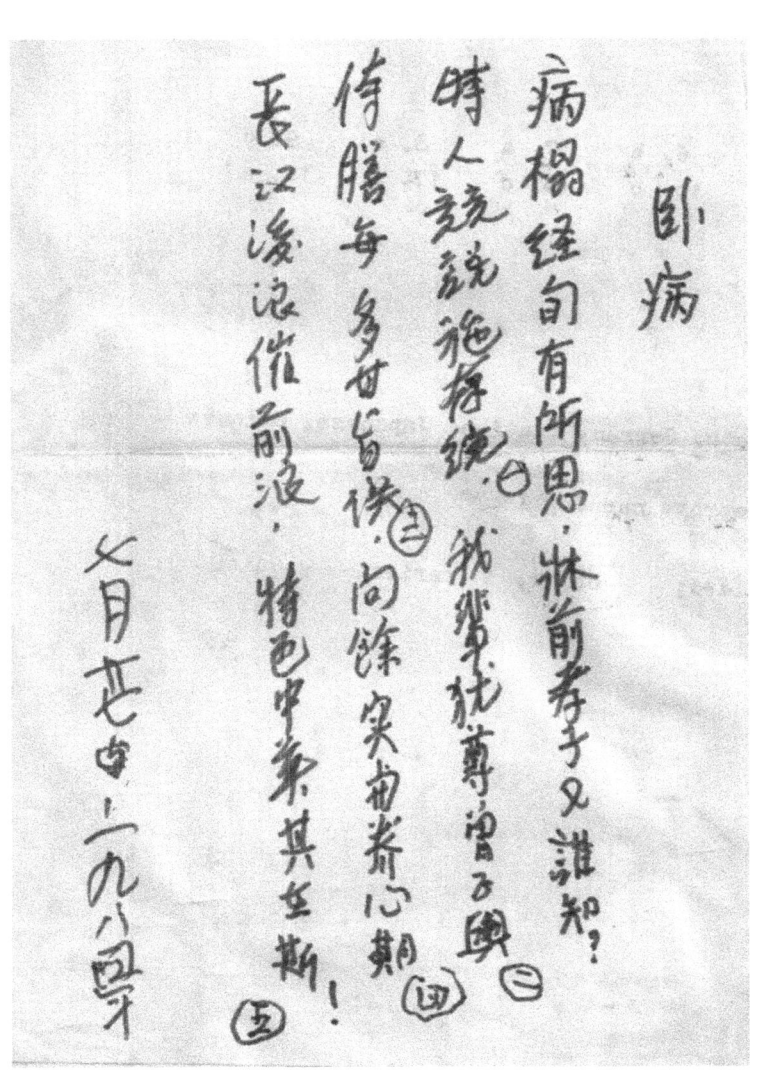

病中绝笔（二）

第五章　聘书、毕业证书

　　1928 年父亲参加留学美国选拔考试，东北三省仅录取三名，父亲名列前茅，以优异的成绩成为东北首批赴美留学生。

1924 年吉林私立毓文毕业证书

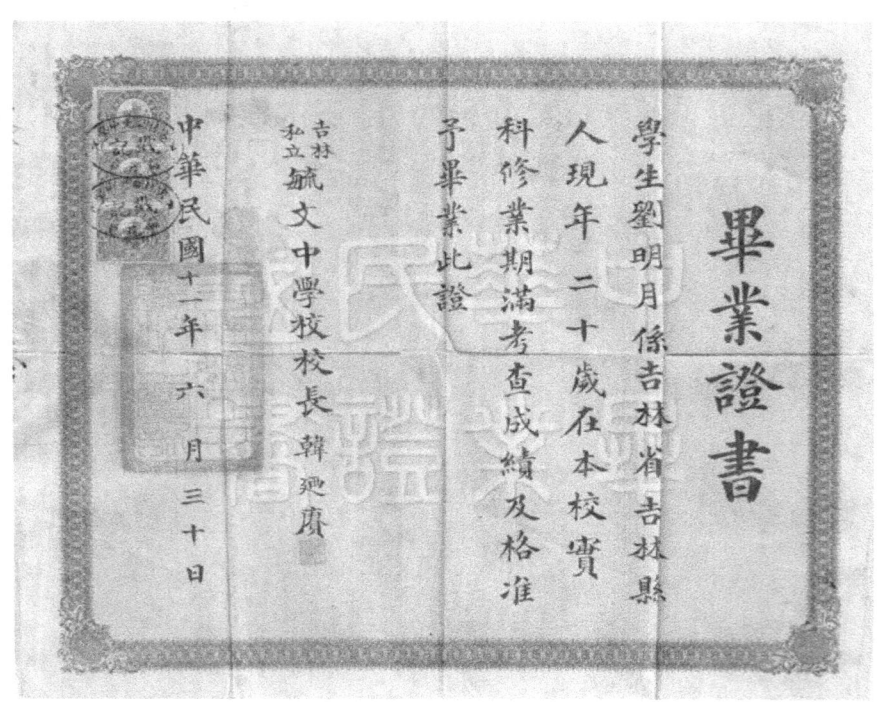

1926年国立北京师范大学毕业证书

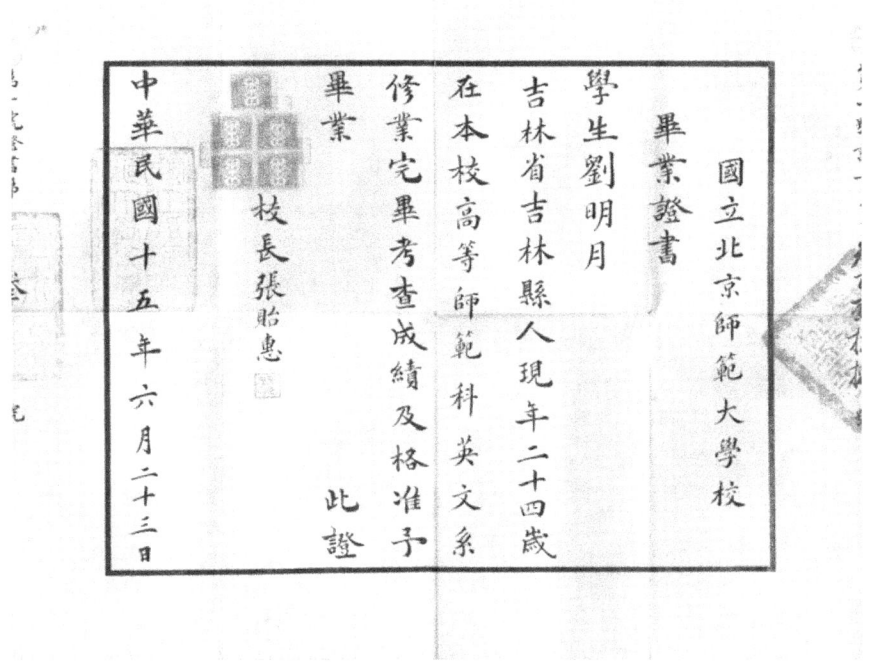

1929 年留学派遣证书

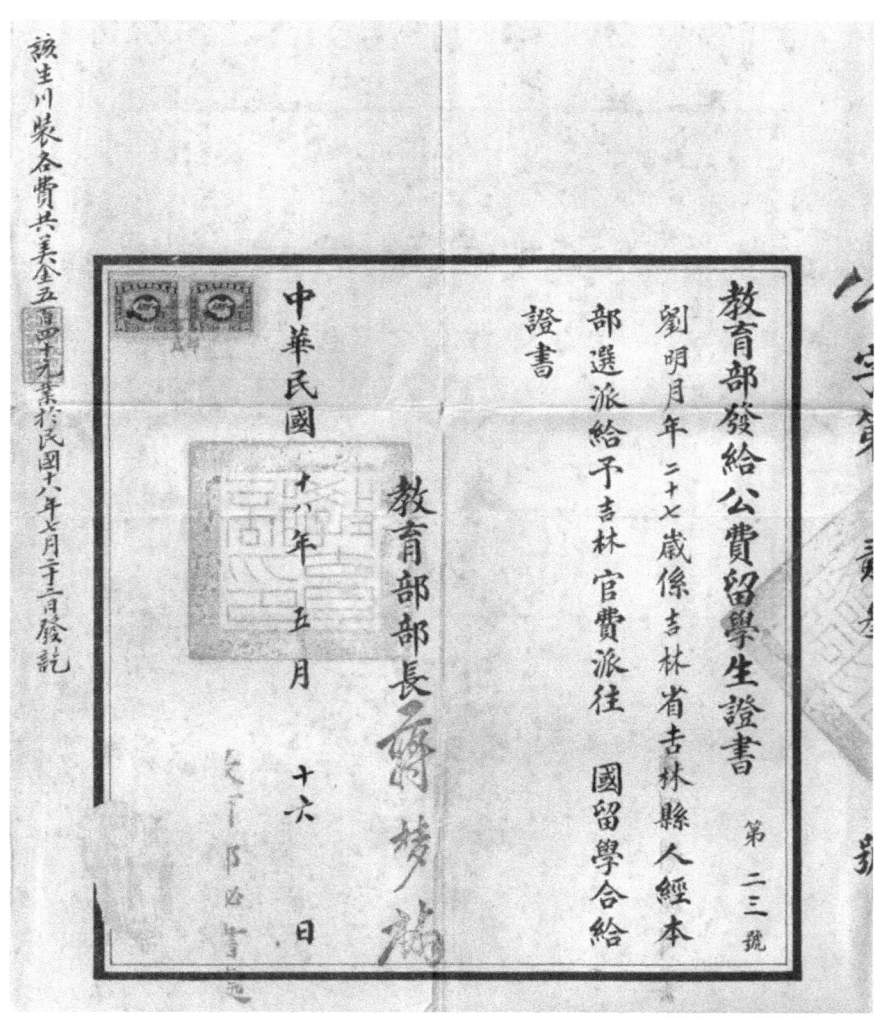

1932—1934 年国立北平师范大学聘书

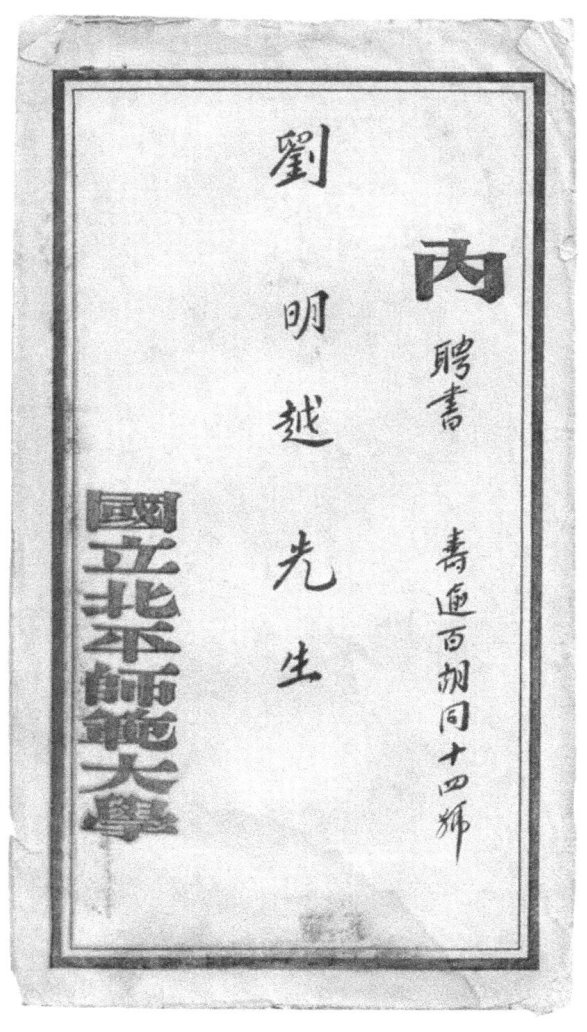

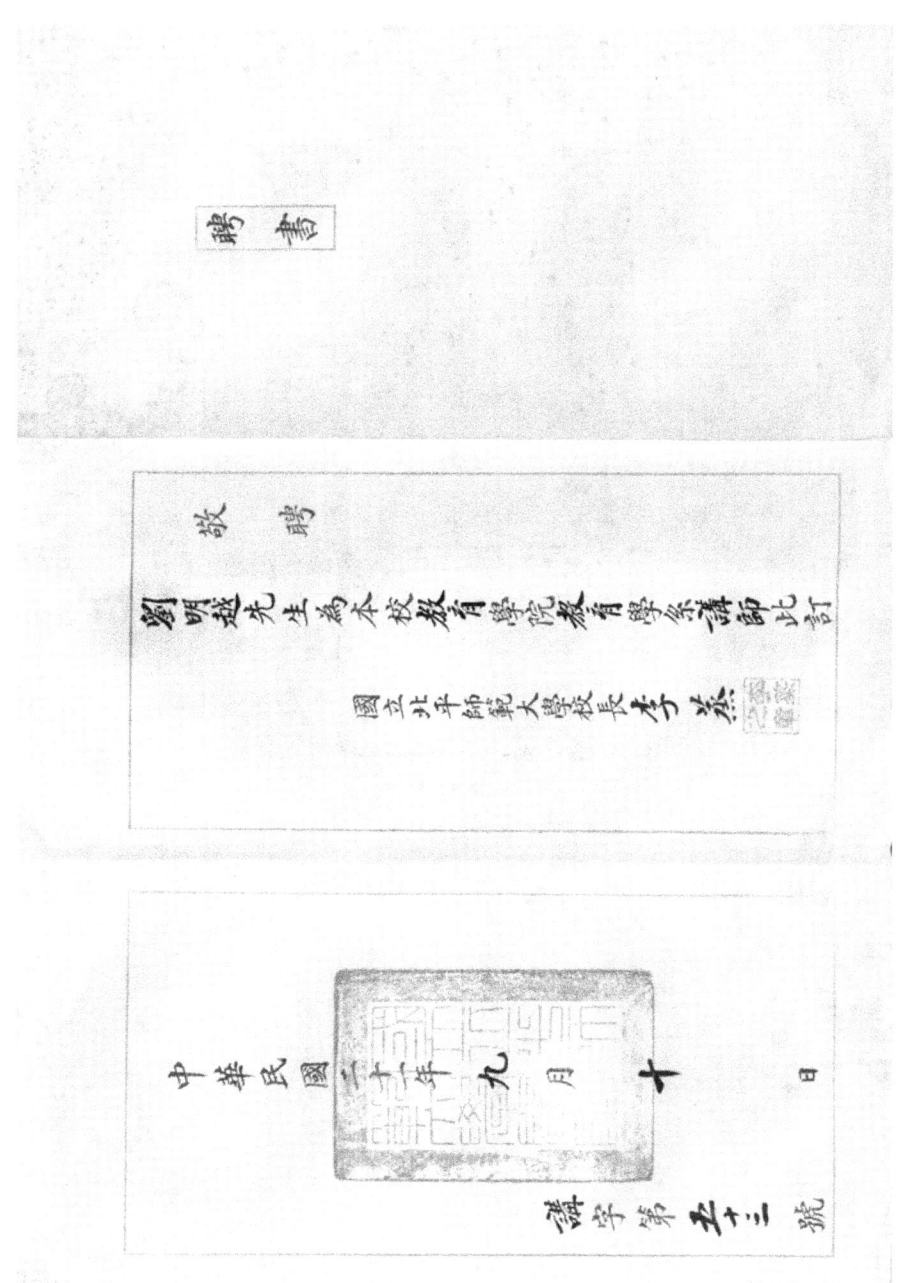

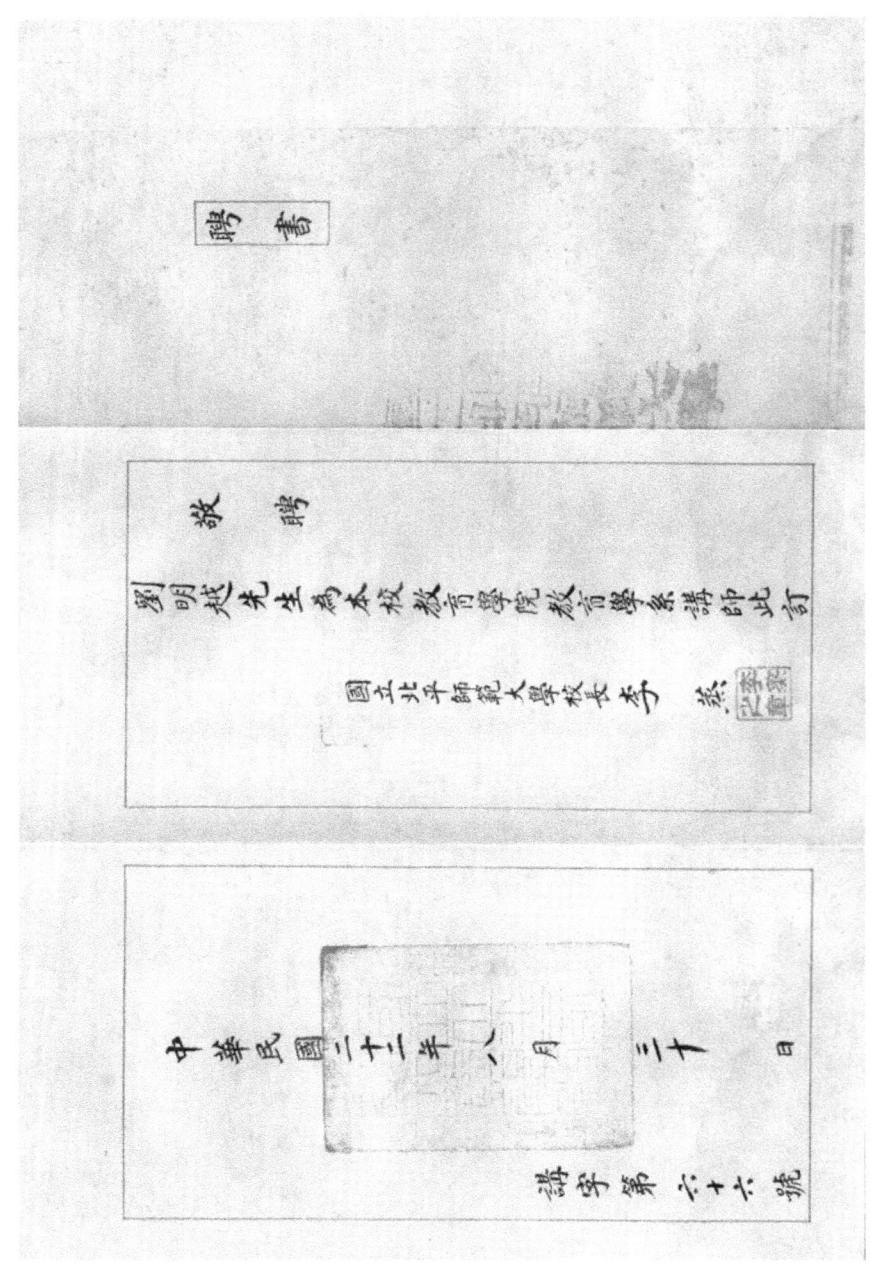

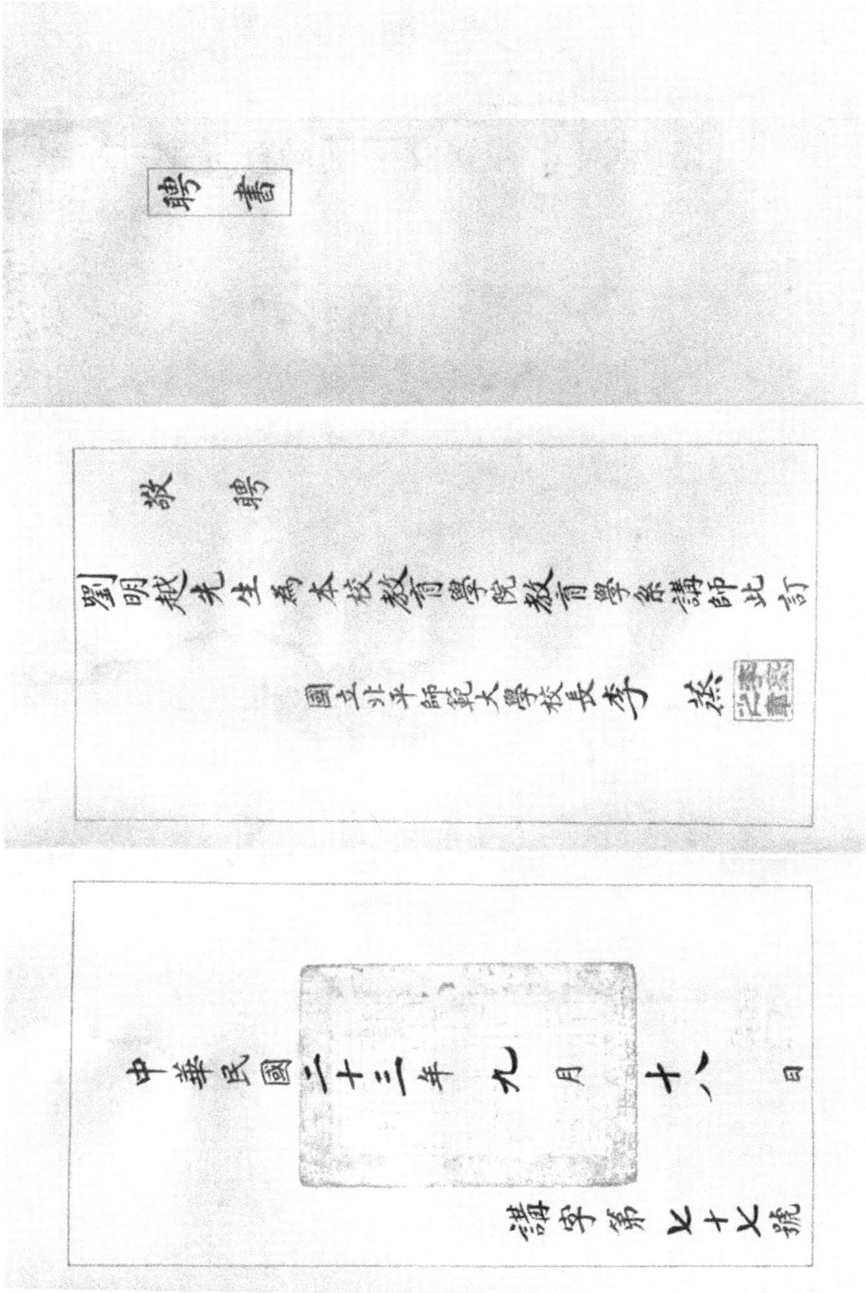

聘　書

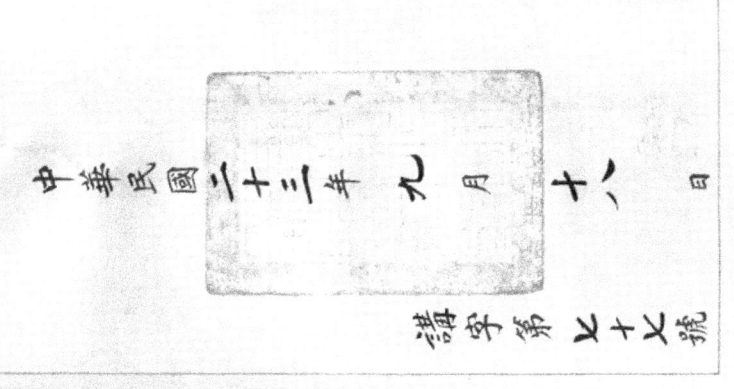

誠聘

劉明軾先生為本校教育學院教育學系講師此訂

國立北平師範大學校長李　蒸

中華民國二十三年九月十八日

聘字第七十八號

1936 年河北省立女子师范学院聘书

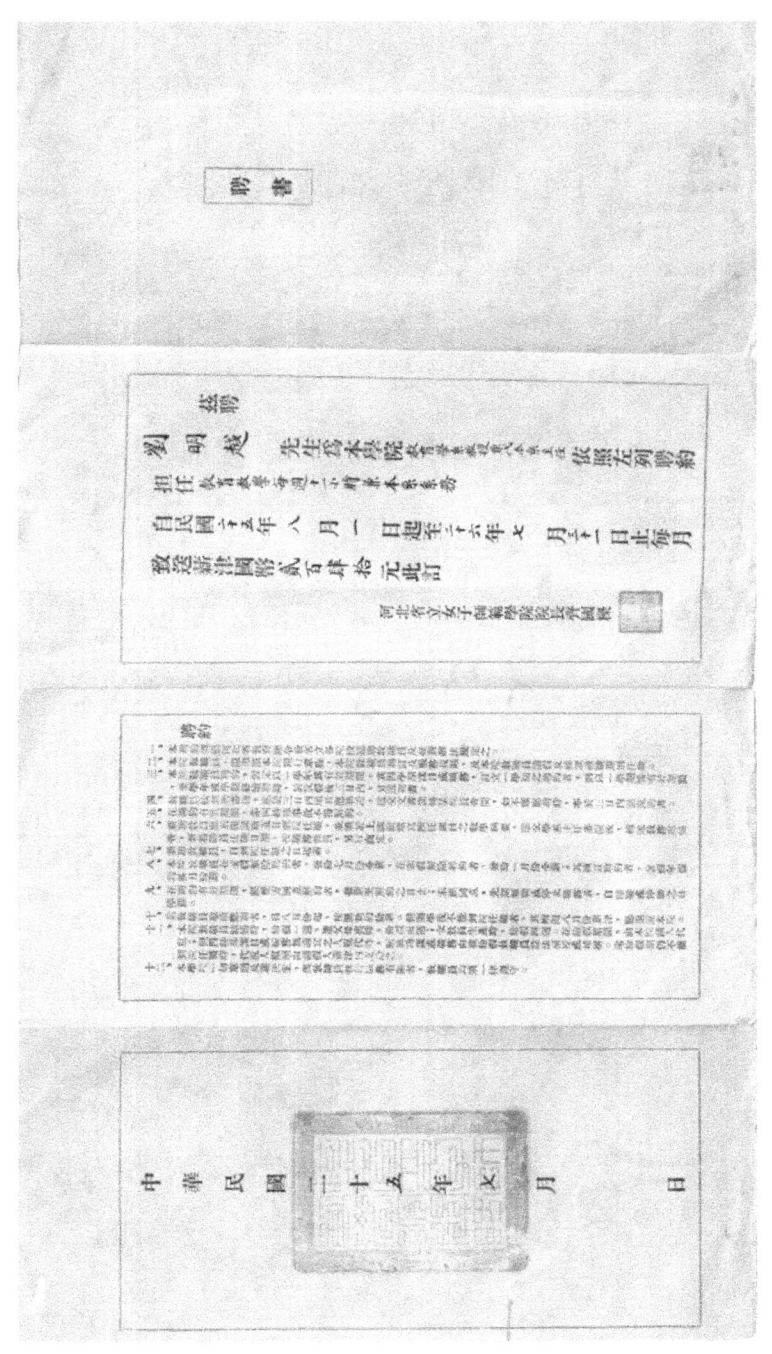

1946 年吉林省政府派令

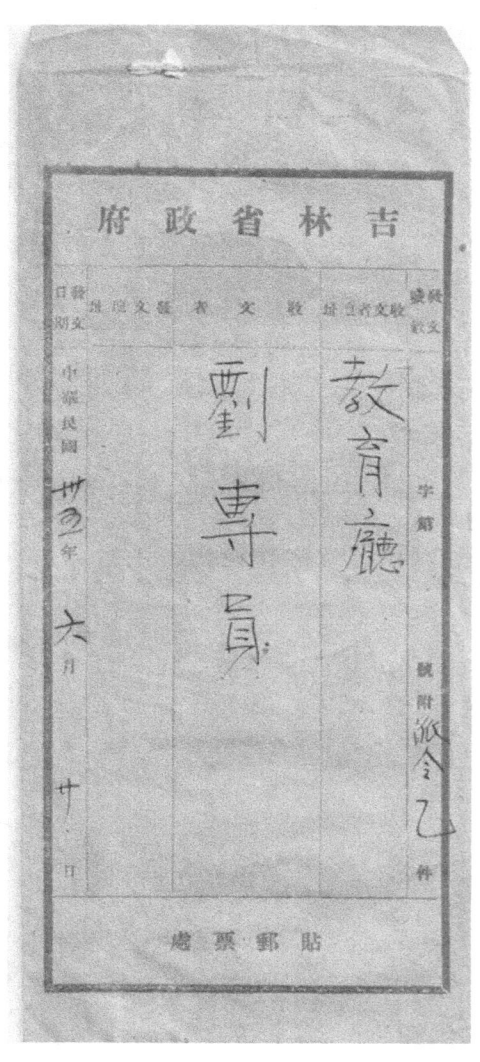

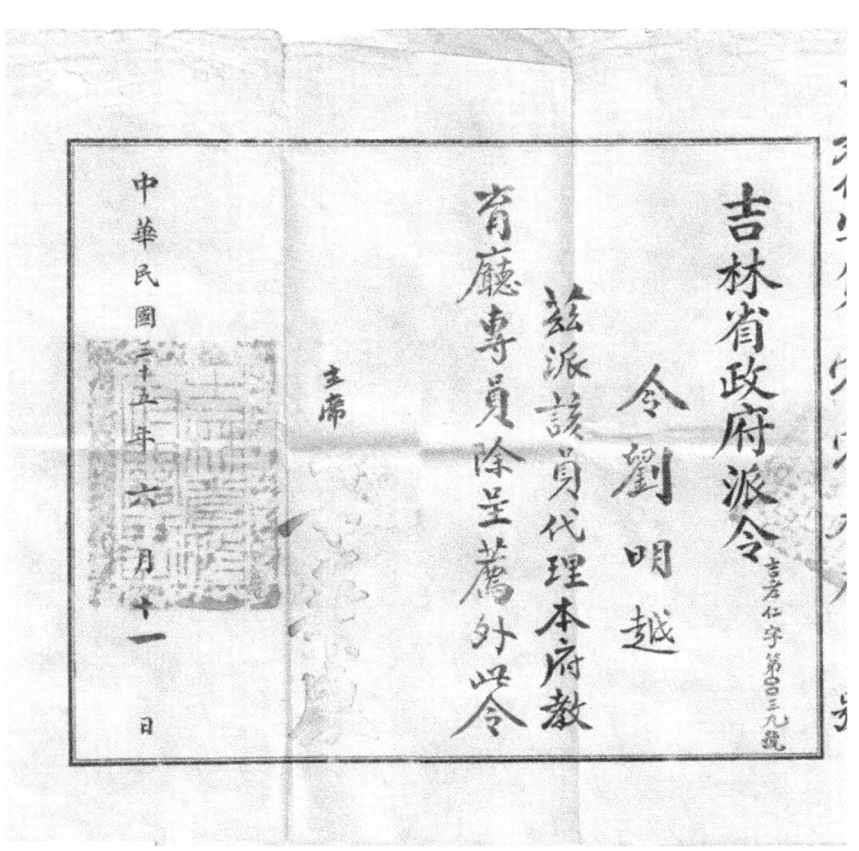

吉林省政府派令　吉岩仁字第四三九號

令劉明越

茲派該員代理本府教育廳專員除呈薦外此令

主席

中華民國三十五年六月十一日

1948 年东北大学聘书

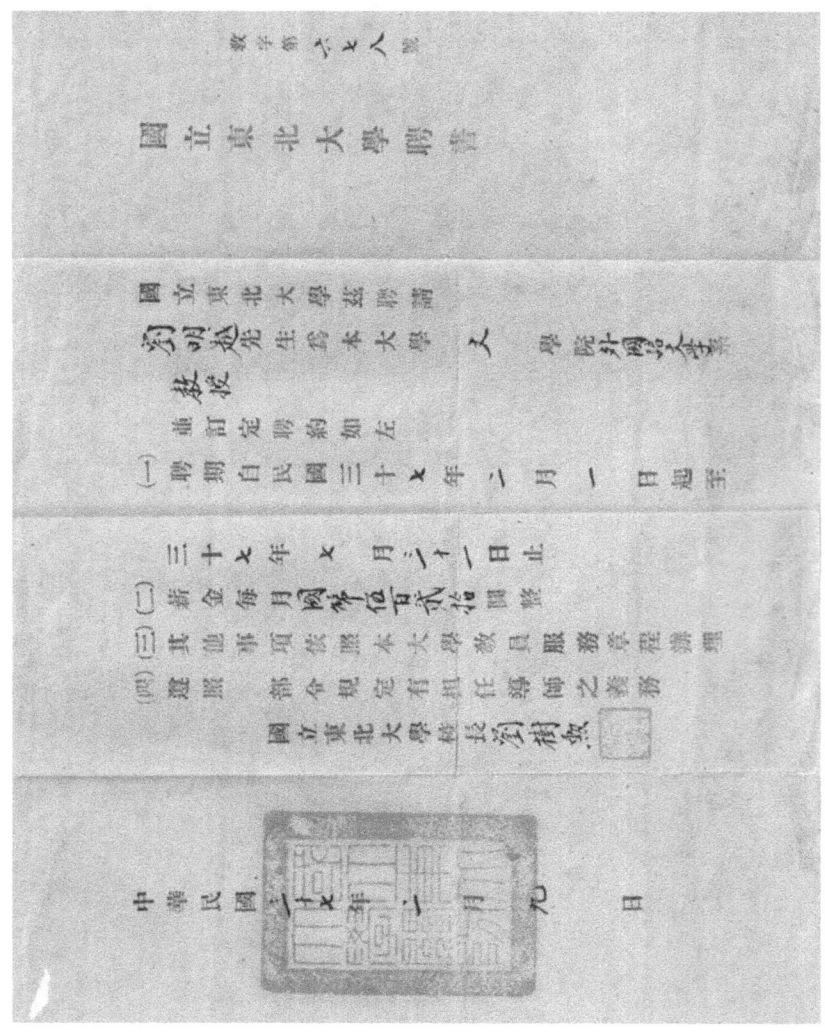

1949—1950 山西大学聘书

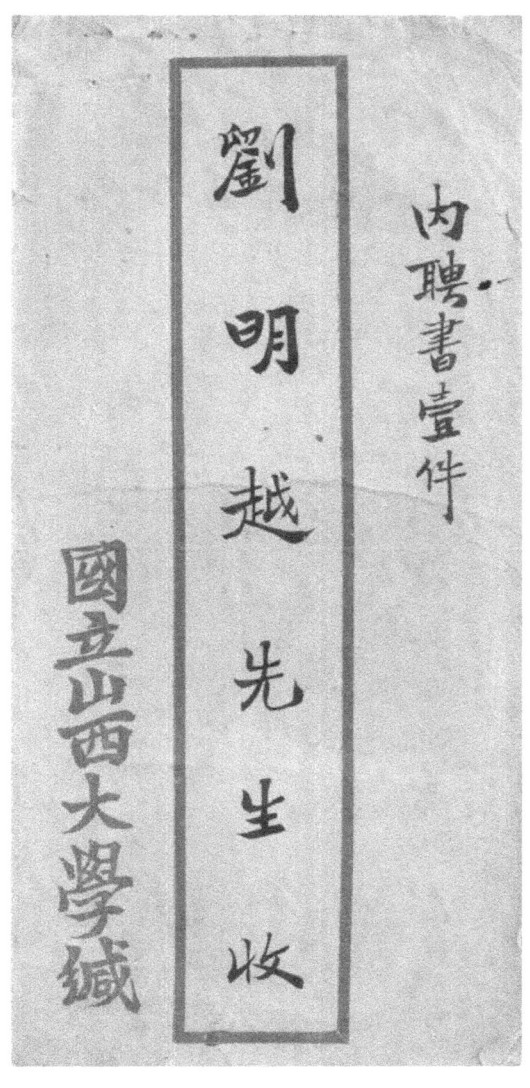

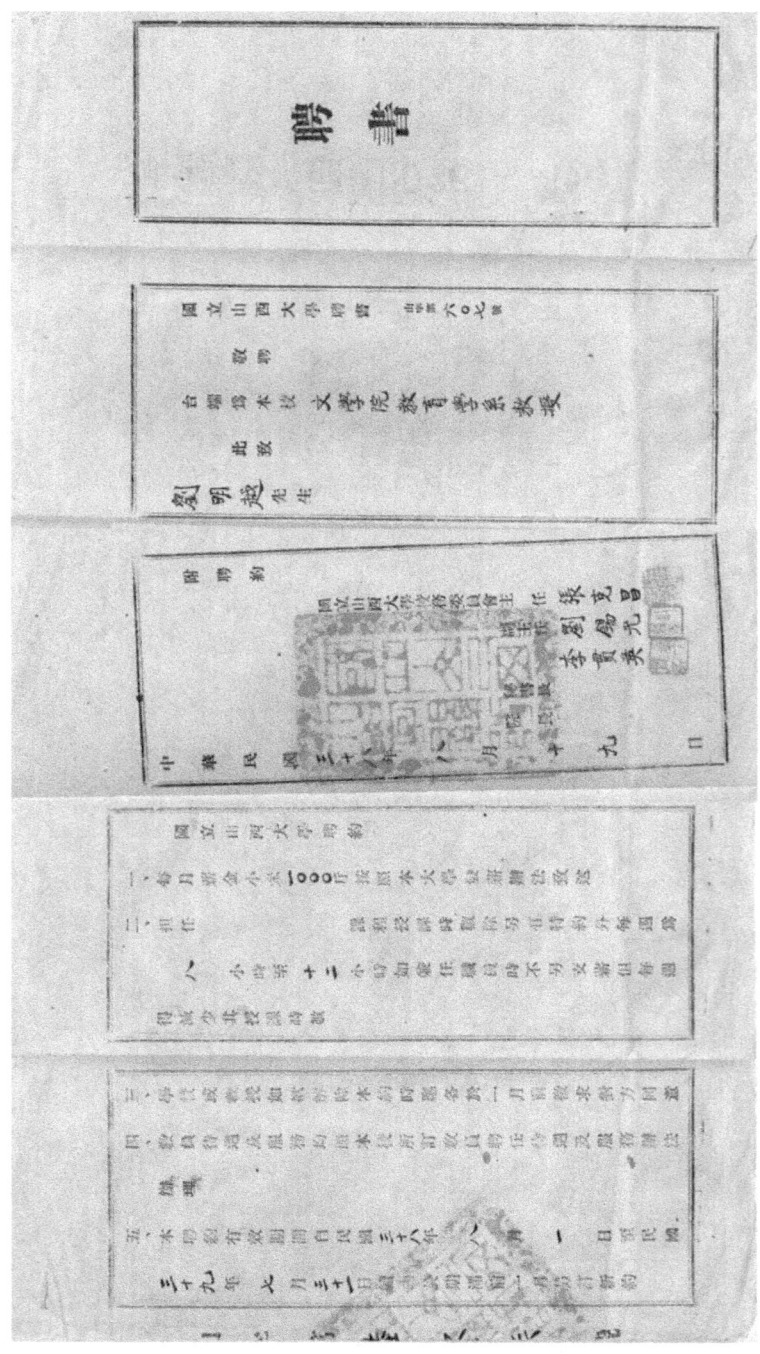

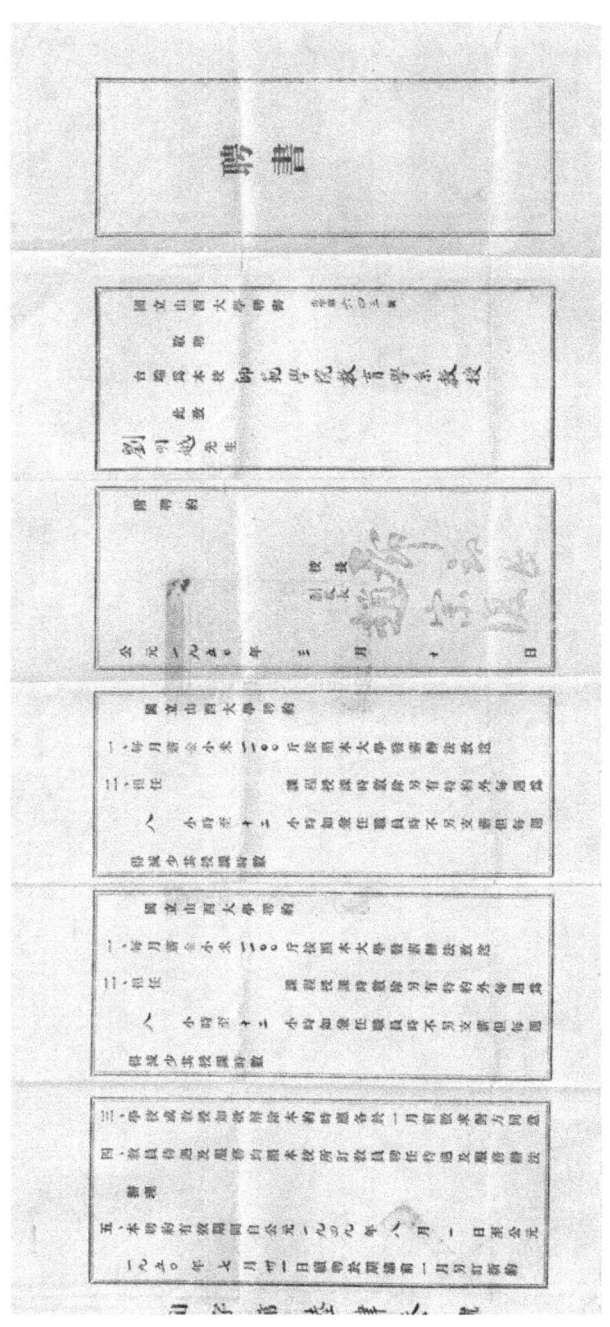

第六章　落实政策文件

　　中共山东省委纪律检查委员会于 1979 年 8 月 14 日以鲁纪（1979）66 号文批复："经研究，同意你们《关于刘明樾教授政治结论的复议报告》，决定撤销 1970 年 9 月 5 日省革委政治部对刘明樾所作结论的批复，为刘明樾教授恢复名誉"。

中共山东省纪委文件
——关于刘明樾教授的问题复议意见的批复

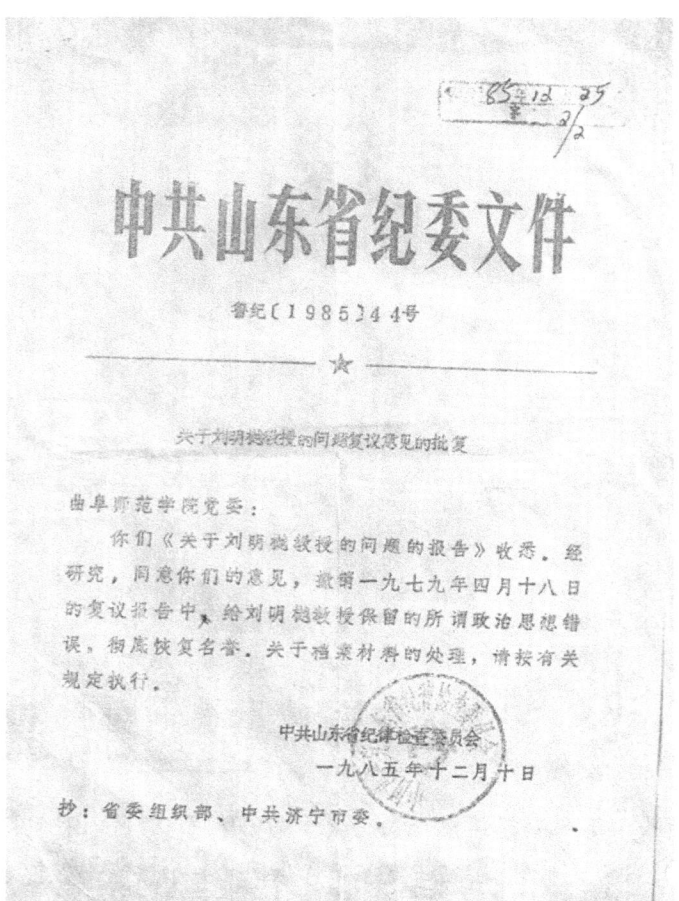

中共曲阜师范学院委员会文件
——关于刘明樾教授的问题的报告

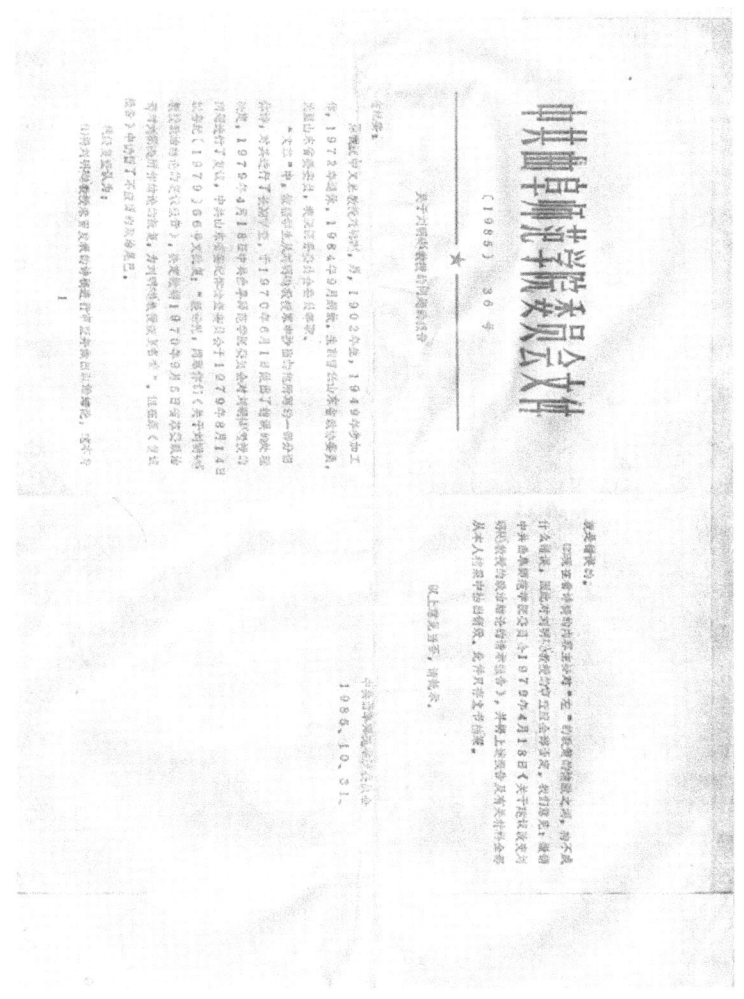

中国共产党曲阜师范学院委员会关于
建议改变刘明樾教授的政治结论的请示报告

反对马列主义，毛泽东思想"和第二条"恶毒攻击无产阶级专政和社会主义制度，留恋和妄图复辟资本主义"，主要是根据刘明㳟教授所写的《大跃进歌》等旧体诗的内容概括出来的。经查，《大跃进歌》等诗稿，确系刘明㳟教授所写，这些诗在思想内容上也确有严重错误，因而应该受到批评。但是(1)上述有错误的诗，刘明㳟教授并未向外扩散，没有造成恶果；(2)在写上述有错误的诗的同一个时期，刘明㳟教授也写了一部分思想内容积极的诗，如约在１９５３年以前写的一首七律，１９５６年的《游紫竹林》，１９５９年的《大跃进赞歌》和１９６２年的《济南知识分子会议席上》等，有的歌颂了革命导师斯大林和毛主席，有的歌颂了国家建设和党的政策，内容是积极健康的（见附件四）。对上述各种情况进行全面分析之后，我们认为：刘明㳟教授所写的一些有错误的诗，是由于思想改造不好，在遇到某些具体问题时，因不能正确对待而私下发的牢骚，尚属思想错误，而不是基于反革命目的进行"恶毒攻击"。

二、原定案报告所列第三条"罪行"，即"在文化大革命中的破坏活动"，是指刘明㳟教授在文化大革命初销毁和转移解放前的书刊和被审查期间对文化大革命中某些事物的议论。经复审认为，销毁或转移旧书刊，是在林彪、"四人帮"疯狂推行极左路线的情况下，因怕受冲击而采取的防范行动；在受审查中的一些议论，也多是在林彪、"四人帮"破坏党的政策的情况下产生的不满情绪，不是"破坏活动"。

三、原定案报告所列罪行的二、三两项，关于刘明㳟教授违犯当时的规定收听英语"美国之音"和英国"ＢＢＣ"广播公司广播问题，经复审证明是一般内容，并没有对外传播。

综上所述，刘明㳟教授的主要问题是写过一部分思想内容有错误的旧体诗。根据前面第一项的分析，认为：刘明㳟教授的问题不属于反革命性质，而是政治思想上的错误，因此，决定撤销中共驻曲阜师

2

227

院工军宣队委员会和中共曲阜师院革委会核心小组1970年6月1日所作《关于对刘明椒的定案处理报告》和1974年1月14日中共山东大学委员会所作《关于刘明椒问题的复审报告》；建议撤销1970年6月20日《中共济宁地区革命委员会核心领导小组关于对刘明椒定案处理意见呈批报告》，1970年9月5日山东省革委政治部的批复和1970年9月10日济宁地区革命委员会政治部的批复；撤销1975年8月14日中共济宁地委组织部《关于刘明椒案件的批复》。

中国共产党曲阜师范学院委员会
一九七九年四月十八日

刘明樾
一九七九年五月二十六日

几点意见：

(1)这份报告主要是撤销我的所谓罪责，这表明党是正确的和伟大的，我当然完全同意。

(2)根据我所写的两次《落实政策申请书》似乎在这"请示报告"中应加上我所表现的愿意为"四个现代化"积极贡献力量的决心。我纵然从前有错误，在新的长征路上，还是愿意献身的，虽然年逾古稀，体弱多病，但仍然积极要求工作。

(3)原定的"政治结论"，既然是偏差了，既然是个"错案"，那么，使我蒙受不白之冤十有余年，现在应设法为我"恢复名誉"，以示公正。

(4)现在党的落实政策工作，基本上已经完成，我们未免有些迟缓了。我希望能够"步子加快一点"，尽速结束这件事情，因为长期以来，我的精神压力很大，早一天解决了，早一天我可以轻装前进，大干快上。

刘明樾
79·5·1

3

写给山东省纪委、曲阜师范大学党委的信

山东省纪委、曲阜师范大学党委：

最近收到省纪（83）244号文件，关于刘明树教授的问题复议意见的批复，做为刘教授的家属、子女对你们认真贯彻中央落实政策的决定表示衷心的感谢！

但是，在该文件附中曲阜师院的报告中，我们认为还存在一个原则性的问题，即文件中的"文革中，依据学生从刘明树教授家中抄出的他所写的一部作品《诗词……》"这句话不符合事实。落实政策是十分严肃的事，要尊重事实，这是党的优良传统。既然是落实政策就应尊重历史事实。

这件事的历史真实是，这部作品《诗词》的发现是极其偶然的。大约1964年从曲阜师院退休回家时，在他一人居住的房间内留下了一堆旧报纸，这些诗稿就是夹在这堆废报纸中的。当时他把这房间交给了他的助教庞间举。

1966年9月2日曲阜师院学生来抄家时，这些旧报纸如这些旧诗稿来的。因旧诗稿不是从刘明树教授家中抄去的，在文件中这样写

如果不是对当时情况不了解，就不好解释为什么要背离原来事实？现在我们并不想追究某个人的责任。但是，请弄清楚在四平师院刘卿树教授曾经在历史上问世的有关发现被"掩盖"的，应该实事求是，还其本来面目。

此致

敬礼！

刘卿树教授家属及子女

1986年2月18日

联系人：

北京工业大学四系，地基基础教研室

刘之衍。

讣　告

讣　告

中国民主同盟盟员、山东曲阜师范学院教授北京民办银文学校校长刘明熙同志因病于一九八四年九月二十二日凌晨二时在北京不幸逝世，终年83岁。兹定于九月二十七日星期四）上午十时在八宝山革命公墓礼堂举行追悼会。上午九时在西四羊肉胡同63号民盟北京市委员会机关门口乘车。8时30在西阜西绒线胡同100号停车接送。

山东曲阜师范学院

民盟北京市委员会　五支部

一九八四年九月二十五日

后　记

　　2013 年，清明过后，春花初放，乍暖还寒，我们在国内的三姐妹：之珞、之琳、之媛，从北京出发，再访曲阜师范大学。

　　四十多年前的 1967 年底和 1970 年初，之琳曾两次到过曲阜师院，那是为探望文革中罹难、病困交加的父亲。踏上如今曲阜师大的校门，往事萦怀，百感交集！看着气派的主楼、现代化的图书馆，谁还会记起半个多世纪前，在这片土地上，在低矮的教室里，从大江南北汇聚到圣人故里、走上杏坛的那些教书先生呢？

　　在曲阜逗留的几天里，我们访问了文学院的教授，听他讲述了学校和文学院的一些人和事；又查阅了父亲的档案；还有幸参观了校史展览。

　　校园里，图书馆内，莘莘学子们孜孜以求地读书，年轻的脸庞上写的是认真。并不像有些名牌大学，一些学生以混到文凭为最终目标。不愧是孔孟之乡，学风令人刮目相看。与此同时，我们却感触到，教工、家属、包括退休教工，谈及往事，对"左"的那一套做法及说辞仍表现淡漠。

　　翻开曲阜师大的历史，对那些建校初期，在艰难环境下，辛勤耕耘的园丁，应有一个客观的评价。别的不说，20 世纪 60 年代的毕业生，在山东乃至全国的学术、经济管理、行政领导岗位上，出了人才是有目共睹的。

　　翻开父亲的档案，没有工作业绩、教学成果的体现，满篇都是文革中强加于人的不实之词！1985 年，省纪委文件批示，要撤销一切错误结论（请看 224 页）。如今，人已离去 30 年了，却还要背负着如此沉重的政治包袱。用不了多久，人们将会把这些言辞，当作历史的错误去批判，或者成为茶余饭后的笑谈。

在编写这本书的过程中，我们每个人无不在痛苦的回忆中挣扎。但是，我们期望，下一代或下下代再回首往事时，少一些苦难，多一些温馨，再多一些美好！

在本书编纂、出版过程中，四姐之琬两次专程回国，积极参与并出谋划策、推动了成书的进程，完成姐妹们的心愿。

之琳

2013.4

致　谢

南开大学　　　　　　　李新宇教授

曲阜师范大学　　　　　李钧教授

曲阜师范大学　　　　　徐新农副处长　李蕾老师

北京书法家协会　　　　李正先生（书法家）

陈克里老师之女　　　　陈贝

以上各位，在本书编写中，给予我们大力的支持与帮助，在此一并感谢！